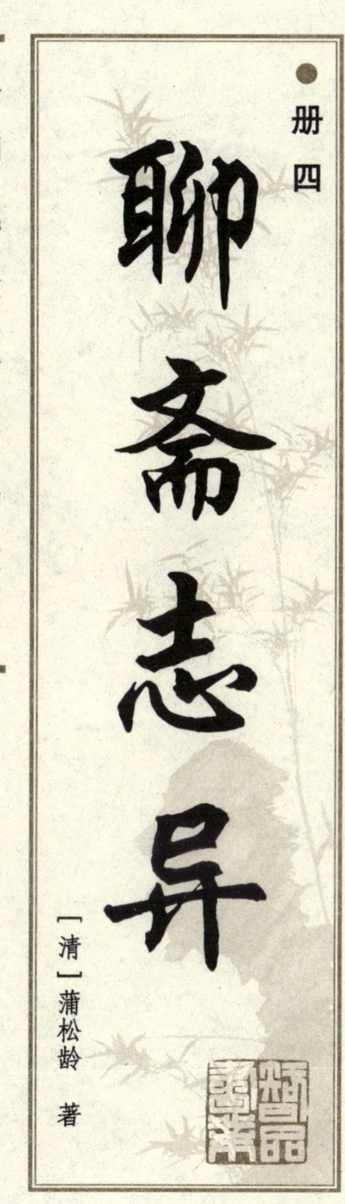

聊斋志异

册四

[清]蒲松龄 著

狐仙鬼怪之灵异世界

万卷出版公司

长亭

石太璞，泰山人，好厌禳之术。有道士遇之，喜其慧，纳为弟子。启牙签①，出二卷，上卷驱狐，下卷驱鬼，乃以下卷授之曰：『虔奉此书，衣食佳丽皆有之。』问其姓名，曰：『吾汴城北村玄帝观王赤城也。』留数日，尽传其诀。石由此精于符箓，委贽者接踵于门。

一日有叟来自称翁姓，炫陈币帛，谓其女鬼病已殆，必求亲诣。石闻病危，辞不受贽，姑与俱往。十余里入山村，至其家，廊舍华好。入室，见少女卧縠帏中，婢以钩挂帐。望之年十四五许，支缀于床，形容已槁。近临之，忽开目云：『良医至矣。』举家皆喜，谓其不语已数日矣。石乃出，因诘病状。叟曰：『白昼见少年来，与共寝处，捉之已杳；少间复至，意其为鬼。』石曰：『其鬼也驱之不难；恐其是狐，则非余所敢知矣。』叟曰：『必非必非。』石授以符，是夕宿于其家。夜分有少年入，衣冠整肃。石疑是主人眷属，起而问之。曰：『我鬼也。翁家尽狐。偶悦其女红亭，姑止焉。鬼为狐祟，阴骘②无伤，君何必离人之缘而护之也？女之姊长亭，光艳尤绝。敬留全璧，以待高贤。彼如许字，方可为之施治；尔时我当自去。』石诺之。是夜少年不复至，女顿醒。天明，叟喜告石，请石入视。石焚旧符，坐诊之。见绣幕有女郎，丽如天人，心知其长亭也。诊已，索水洒帏。女郎急以碗水付之，蹀躞之间，意动神流。石生此际，心殊不在鬼矣。出辞叟，托制药去，数日不返。鬼益肆，除长亭外，子妇婢女俱被淫惑。又以仆马招石，石托疾不赴。

明日，叟自至。石故作病股状，扶杖而出。叟问故，曰：『此鳏之难也！曩夜婢子登榻，倾跌，堕汤夫人③泡两足耳。』叟问：『何久不续？』石曰：『恨不得清门如翁者。』叟默而出。石送嘱曰：『病瘥当自至，无烦玉趾也。』又数日叟复来，石跛而见之。叟慰问曰：『顷与荆人言，君如驱鬼去，使举家安枕，小女长亭，年十七矣，愿遣奉事君子。』石喜，顿首于地。乃曰：『雅意若此，病躯何敢复爱。』立刻出门，并骑而去。入视祟者既毕，石恐负约，请与媪盟。媪出曰：『先生何见疑也？』随拔长亭所插金簪，授石为信。石喜拜受，乃遍集家人，悉为祓除。惟长亭深匿不出，遂写一佩符，使持赠之。是夜寂然，惟红亭呻吟未已，投以法水，所患若失。石起辞，叟挽留殷恳。至晚，肴核罗列，劝酬殊切。漏二下，主人辞去。石方就枕，闻叩扉甚急；起视，则长亭掩入，仓皇告曰：『吾家欲以白刃相仇，可急走！』言已径返身去。石战惧失色，越垣急窜。遥见火光，疾奔而往，则里人夜猎者也。喜，待猎已，从与俱归。心怀怨愤，无路可伸，欲往汴城寻师治之。奈家有老父，病废在床，日夜筹思，进退莫决。

忽一日双舆至门，则翁媪送长亭至，谓石曰：『曩夜之归，胡再不谋？』石见长亭，怨恨都消，故隐不发。媪促两人庭拜讫。石欲设筵，媪曰：『我非闲人，不能坐享甘旨。我家老子④昏髦⑤，倘有不悉，郎肯为长亭一念老身，为幸多矣。』登车遂去。盖杀婿之谋，媪不与闻；及追之不得而返，媪始知之。心不能平，与叟日相诟谇⑥。长亭亦涕泣不食。媪强送女来，非翁意也。长亭入门，诘之，始知其故。过两三月，翁家取女归宁。石料其不返，禁止之。女自此时一涕零。年余生一子，名慧儿，雇乳媪哺之。儿好啼，夜必归母。一日翁家又以舆来，言媪思女甚。长亭益悲，石不忍复留之。欲抱子去，石不可，长亭乃自归。别时以一月为期，既而半载无耗。遣人往探之，则向所僦宅久空。

又二年余，望想都绝；而儿啼终夜，寸心如割。既而父又病卒，倍益哀伤；因而病惫，苦次弥留，

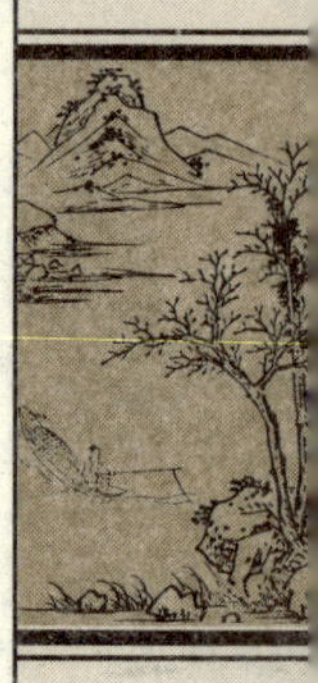

不能受吊。方昏愦间，忽闻妇人哭入。视之，则者长亭也。石大悲，一恸遂绝。婢惊呼，女始啜泣，抚之良久渐苏。曰：『我疑已死，与汝相聚于冥中。』女曰：『非也。妾不孝，不得严父心，尼归⑦三载，诚所负心。适家人由东海过此，得翁凶信。妾遵严命而绝儿女之情，不敢循乱命而失翁媳之礼。妾来时，母知而父不知也。』言间，儿投怀中。言已，始抚而泣曰：『我有父，儿无母矣！』儿亦啕，一室掩泣。女起，经理家政，柩前牲盛洁备，石乃大慰。然病久，急切不能起。女乃请石外兄款洽吊唁。丧既闭，石始能杖而起，相与营谋殡葬。葬已，女欲辞归，以受背父之谴。夫挽儿号，隐忍而止。未几，有人来言母病，乃谓石曰：『妾为君父来，君不为妾母放令归耶？』石许之。女使乳媪抱儿他适，涕洟⑧出门而去。去后数年不返。石父子渐亦忘之。

一日昧爽启扉，则长亭飘入。石方骇问，女戚然坐榻上，叹曰：『生长闺阁，视一里为遥；今一日夜而奔千里，殆矣！』细诘之，女欲言复止。固诘之，乃哭曰：『今为君言，恐妾之所悲，而君之所快也。迩年徙居晋界，僦居赵缙绅之第。主客交最善，以红亭妻其公子。公子数逋荡，家庭颇不相安。妹归告父；父留之半年不令还。公子忿恨，不知何处聘一恶人来，遣神绾锁缚老父去。一门大骇，顷刻四散矣。』石闻之，笑不自禁。女怒曰：『彼虽不仁，妾之父也。妾与君琴瑟数年，止有相好而无相尤。今日人亡家败，百口流离，即不为父伤，宁不为妾吊乎！闻之忭舞⑨，更无片语相慰藉，何不义也！』拂袖而出。石追谢之，亦已渺矣。怅然自悔，拚⑩已决绝。

过二三日，媪与女俱来，石喜慰问。母女俱伏。惊问其故，又俱哭。女曰：『妾负气而去，今不能自坚，又要求人复何颜面！』石曰：『岳固非人；母之惠，卿之情，所不敢忘。然闻祸而乐，亦犹人情，卿何不能暂忍？』女曰：『顷于途中遇母，始知絷吾父者，乃君师也。』石曰：『果尔，亦大易。然翁不归，则卿之父子离散；恐翁归，则卿之夫泣儿悲也。』媪矢以自明，女亦誓以相报。石乃即刻治任如汴，询至玄帝观，则赤城归未久。入而参拜，师问：『何来？』石视厨下一老狐，孔前股而系之，笑曰：『弟子之来，为此老魅。』赤城诘之，曰：『是吾岳也。』因以实告。道士谓其狡诈不肯轻释；固请，始许之。石因备述其诈，狐闻之，塞身入灶，似有惭状。道士笑曰：『彼羞恶之心未尽亡也。』石起，牵之而出，以刀断索抽之。狐痛极，齿龈龈然。石不遽抽，而顿挫之，笑问之曰：『翁痛乎？勿抽可耶！』狐睛睒闪[11]，似有愠色。既释，摇尾出观而去。石辞归。

三日前，已有人报叟信，媪先去，留女待石。石至，女逆而伏。石挽之曰：『卿如不忘琴瑟之情，不在感激也。』女曰：『今复迁还故居矣，村舍邻迩，音问可以不梗。妾欲归省，三日可旋，君信之否？』曰：『儿生而无母，未便殇折。我日日鳏居，习已成惯。今不似赵公子，而反德报之，所以为卿者尽矣。如其不还，在卿为负义，道里虽近，当亦不复过问，何不信之与有？』女去，二日即返。问：『何速？』曰：『父以君在汴曾相戏弄，未能忘怀，言之絮叨；妾不欲复闻，故早来也。』自此闺中之往来无间，而翁婿间尚不通吊庆云[12]。

异史氏曰：狐情反复，谲诈已甚。悔婚之事，两女而一辙，诡可知矣。然要而婚之，是启其悔者犹在初也。且婿既爱女而救其父，止宜置昔怨而仁化之；乃复狎弄于危急之中，何怪其没齿不忘也！天下之有冰玉而不相能[13]者，类如此。

注释

①牙签：指象牙制作的图书标签。

②阴骘：犹阴德。

③汤夫人：亦称『汤婆子』，用铜或锡制成的一种扁壶，冬日注入热水，塞好瓶口，放入被中温暖双足。

④老子：老头子，此处指其丈夫。

⑤昏髦：年老糊涂。

⑥诟谇：指责，埋怨。

⑦尼归：受阻不归。尼，停止，阻止。《孟子·梁惠王》下：『行，或使之；止，或尼之。行止，非人所能也。』

⑧涕洟：涕泪横流。《礼记·檀弓》上：『待于庙，垂涕洟。』《释文》：『自目曰涕，自鼻曰洟。』

⑨忭舞：欢欣起舞。

⑩拚：表示舍弃、甘愿之辞。

⑪睒闪：闪烁。

⑫不通吊庆：意谓没有来往。吊，吊问。庆，祝福。

⑬冰玉而不相能：意谓翁婿感情不和。冰玉，为岳父和女婿的代称。《晋书·卫玠传》载，玠为名士，而其岳父乐广亦名扬海内，人称『妇公冰清，女婿玉润』。

席方平

席方平，东安人。其父名廉，性戆拙①。因与里中富室羊姓有隙②，羊先死；数年，廉病垂危，谓人曰：『羊某今贿嘱冥使搒我矣。』俄而身赤肿，号呼遂死。席惨怛③不食，曰：『我父朴讷，今见凌于强鬼；我将赴冥，代伸冤气矣。』自此不复言，时坐时立，状类痴，盖魂已离舍。

席觉初出门，莫知所往，但见路有行人，便问城邑。少选，入城。其父已收狱中。至狱门，遥见父卧檐下，似甚狼狈。举目见子，潸然流涕，曰：『狱吏悉受赇嘱，日夜搒掠，胫股摧残甚矣！』席怒，大骂狱吏：『父如有罪，自有王章，岂汝等死魅所能操耶④！』遂出，写状。趁城隍早衙，喊冤投之。羊惧，内外贿通，始出质理。城隍以所告无据，颇不直席。席愤气无伸，冥行百余里至郡，以官役私状，告诸郡司。迟至半月始得质理。郡司扑席，仍批城隍赴案。席至邑，备受械梏⑤，惨冤不能自舒。城隍恐其再讼，遣役押送归家。投至门辞去。

席不肯入，遁赴冥府，诉郡邑之酷贪。冥王立拘质对。二官密遣腹心与席关说，许以千金。席不听。过数日，逆旅主人告曰：『君负气已甚，官府求和而执不从，今闻于王前各有函进，恐事殆矣。』席犹未信。俄有皂衣人唤入。升堂，见冥王有怒色，不容置词，命笞二十。席厉声问：『小人何罪？』冥王漠若不闻。席受笞，喊曰：『受笞允当，谁教我无钱也！』冥王益怒，命置火床。两鬼捽席下，见东墀有铁床，炽火其下，床面通赤。鬼脱席衣，掬置其上，反复揉捺之。痛极，骨肉焦黑，苦不得死。约一时许，鬼曰：『可矣。』遂扶起，促使下床着衣，犹幸跛而能行。复至堂上，冥王问：『敢再讼乎？』席曰：『大冤未伸，寸心不死，若言不讼，是欺王也。必讼！』王曰：『讼何词？』席曰：『身所受者，皆言之耳。』冥王又怒，命以锯解其体。二鬼拉去，见立木高八九尺许，有木板二仰置其上，上下凝血模糊。方将就缚，忽堂上大呼『席某』，二鬼即复押回。冥王又问：『尚敢讼否？』答曰：『必讼！』冥王命捉去速解。既下，鬼乃以二板夹席缚木上。锯方下，觉顶脑渐辟，痛不可忍，顾亦忍而不号。闻鬼曰：『壮哉此汉！』锯隆隆然寻至胸下。又闻一鬼云：『此人大孝无辜，锯令稍偏，勿损其心。』遂觉锯锋曲折而下，其痛倍苦。俄顷半身辟矣；板解，两身俱仆。鬼上堂大声以报，堂上传呼，令合身来见。二鬼即推令复合，曳使行。席觉锯缝一道，痛欲复裂，半步而踣。一鬼于腰间出丝带一条授之，曰：『赠此以报汝孝。』受而束之，一身顿健，殊无少苦。遂升堂而伏。冥王复问如前；席恐再罹[6]酷毒，便答：『不讼矣。』冥王立命送还阳界。隶率出北门，指示归途，反身遂去。

席念阴曹之昧暗尤甚于阳间，奈无路可达帝听。世传灌口二郎为帝勋戚，其神聪明正直，诉之当有灵异。窃喜二隶已去，遂转身南向。奔驰间，有二人追至，曰：『王疑汝不归，今果然矣。』捽回复见冥王。窃疑冥王益怒，祸必更惨；而王殊无厉容，谓席曰：『汝志诚孝。但汝父冤，我已为若雪之矣。今已往生富贵家，何用汝鸣呼为。今送汝归，予以千金之产、期颐[7]之寿，于愿足乎？』乃注籍中，嵌以巨印，使亲视之。席谢而下。鬼与俱出，至途，驱而骂曰：『奸猾贼！频频反复，使人奔波欲死！再犯，当捉入大磨中细细研之！』席张目叱曰：『鬼子胡为者！我性耐刀锯，不耐挞楚耶！请反见王，王如令我自归，亦复何劳相送。』乃返奔。二鬼惧，温语劝回。席故蹇缓，行数步辄憩路侧。鬼含怒不敢复言。约半日至一村，一门半开，鬼引与共坐；席便据门阈，二鬼乘其不备，推入门中。

惊定自视，身已生为婴儿。愤啼不乳，三日遂殇[8]。魂摇摇不忘灌口，约奔数十里，忽见羽葆来，幡戟横路。越道避之，因犯卤簿，为前马所执，絷送车前。仰见车中一少年，丰仪瑰玮。问席：『何人？』席冤愤正无所出，且意是必巨官，或当能作威福，因缅诉毒痛。车中人命释其缚，使随车行。俄至一处，官府十余员，迎谒道左，车中人各有问讯。已而指席谓一官曰：『此下方人，正欲往诉，宜即为之剖决。』席询之从者，始知车中即上帝殿下九王，所嘱即二郎也。席视二郎，修躯多髯，不类世间所传。九王既去，席从二郎至一官廨，则其父与羊姓并衙隶俱在。少顷，槛车中有囚人出，则冥王及郡司、城隍也。当堂对勘，席所言皆不妄。三官战栗，状若伏鼠。二郎援笔⑨立判；顷刻，传下判语，令案中人共视之。判云：

『勘得冥王者：职膺王爵，身受帝恩。自应贞洁以率臣僚，不当贪墨以速官谤。而乃繁缨棨戟，徒夸品秩之尊；羊狠狼贪，竟玷人臣之节。斧敲斫，斫入木，妇子之皮骨皆空；鲸吞鱼，鱼食虾，蝼蚁之微生可悯。当掬江西之水，为尔湔肠；即烧东壁之床，请君入瓮。城隍、郡司，为小民父母之官，司上帝牛羊之牧。虽则职居下列，而尽瘁者不辞折腰；即或势逼大僚，而有志者亦应强项。乃上下其鹰鸷之手，既罔念夫民贫；且飞扬其狙狯之奸，更不嫌乎鬼瘦。惟受赃而枉法，真人面而兽心！是宜剔髓伐毛，暂罚冥死；所当脱皮换革，仍令胎生。隶役者：既在鬼曹，便非人类。只宜公门修行，庶还落蓐之身；何得苦海生波，益造弥天之孽？飞扬跋扈，狗脸生六月之霜；隳突叫号，虎威断九衢之路。肆淫威于冥界，咸知狱吏为尊；助酷虐于昏官，共以屠伯是惧。当以法场之内，剁其四肢；更向汤镬之中，捞其筋骨。羊某：富而不仁，狡而多诈。金光盖地，因使阎摩殿上尽是阴霾；铜臭熏天，遂教枉死城中全无日月。余腥犹能役鬼，大力直可通神。宜籍羊氏之家，以偿席生之孝。即押赴东岳施行。」

又谓席廉：「念汝子孝义，汝性良懦，可再赐阳寿三纪。」使两人送之归里。席乃抄其判词，途中父子共读之。既至家，席先苏；令家人启棺视父，僵尸犹冰，俟之终日，渐温而活。又索抄词，则已无矣。

自此，家道日丰，三年良沃遍野；而羊氏子孙微矣；楼阁田产尽为席有。即有置其田者，必梦神人叱之曰：「此席家物，汝乌得有之！」初未深信；既而种作，则终年升斗无所获，于是复鬻于席。席父九十余岁而卒。

异史氏曰：「人人言净土，而不知生死隔世，意念都迷，且不知其所以来，又乌知其所以去；而况死而又死，生而复生者乎？忠孝志定，万劫不移，异哉席生，何其伟也！」

①戆拙：憨厚刚直拙朴。

②隙：仇隙。有隙，相互间有嫌怨。

③惨怛：悲伤哀痛的样子。

④魅：怪物。操，把持、掌握。

⑤械梏：刑具。

⑥罹：被，遭受。

⑦期颐：即一百岁。《礼记·曲礼》：「百年曰期颐。」

⑧殇：没有成人而夭折。

⑨援笔：取笔，执笔。

贾奉雉

贾奉雉，平凉人。才名冠世，而试辄不售。一日途中遇一秀才，自言姓郎，风格飘洒，谈言微中①。因邀俱归，出课艺就正。郎读之，不甚称许，曰：『足下②文，小试取第一则有余，大场取榜尾亦不足。』贾曰：『奈何？』郎曰：『天下事，仰而跂③之则难，俯而就之④甚易，此何须鄙人言哉！』遂指一二人、一二篇以为标准，大率贾所鄙弃而不屑道者。贾笑曰：『学者立言，贵乎不朽，即味列八珍，当使天下不以为泰耳。如此猎取功名，虽登台阁，犹为贱也。』郎曰：『不然。文章虽美，贱则弗传。君将抱卷以终也则已；不然，帘内诸官，皆以此等物事进身，恐不能因阅君文，另换一副眼睛肺肠也。』贾终默然。郎起笑曰：『少年盛气哉！』遂别去。

是秋入闱复落，邑邑不得志，颇思郎言，遂取前所指示者强读之。未至终篇，昏昏欲睡，心惶惑无以自主。又三年，场期将近，郎忽至，相见甚欢。出拟题七使贾作文。及咸索阅，不许，令复作；作已，又訾之。贾戏于落卷中，集其葛茸泛滥⑤，不可告人之句，连缀成文，示之。郎喜曰：『得之矣！』因使熟记，坚嘱勿忘。贾笑曰：『实相告：此言不由中，转瞬即去，便受夏楚，不能复忆之也。』郎坐案头，强令自诵一遍；因使袒背，以笔写符而去，曰：『只此已足，可以束阁群书矣。』验其符，濯之不下，深入肌理。

入场七题无一遗者。回思诸作，茫不记忆，惟戏缀之文，历历在心。然把笔终以为羞；欲少窜易，而颠倒苦思，更不能复易一字。日已西坠，直录而出。郎候之已久，问：『何暮也？』贾以实告，即求拭符；视之已漫灭矣。回忆场中文，浑如隔世。大奇之，因问：『何不自谋？』笑曰：『某惟不作此等想，故不能读此等文也。』遂约明日过其寓。贾曰：『诺。』郎去，贾复取文自阅，大非本怀，怏怏自失，不复访郎，嗒丧而归。榜发，竟中经魁。复阅旧稿，汗透重衣，自言曰：『此文一出，何以见天下士乎！』正惭怍间，郎忽至曰：『求中即中矣，何其闷也？』曰：『仆适自念，以金盆玉碗贮狗矢，真无颜出见同人。行将遁迹山林，与世长辞矣。』郎曰：『此论亦高，但恐不能耳。若果能，仆引见一人，长生可得，并千载之名，亦不足恋，况傥来[6]之富贵乎！』贾悦，留与共宿，曰：『容某思之。』天明，谓郎曰：『吾志决矣！』不告妻子，飘然遂去。

渐入深山，至一洞府。有叟坐堂上，郎使参之，呼以师。叟曰：『来何早也？』郎曰：『此人道念已坚，望加收齿。』叟曰：『汝既来，须将此身并置度外，始得。』贾唯唯听命。郎送至一院，安其寝处，又投以饵，始去。房亦精洁；但户无扉，窗无棂，内惟一几一榻。贾解履登榻，月明穿射；觉微饥，取饵啖之，甘而易饱。因即寂坐，但觉清香满室，脏腑空明，脉络皆可指数。忽闻有声甚厉，似猫抓痒，自牖窥之，则虎蹲檐下。乍见甚惊；因忆师言，收神凝坐。虎似知有其人，寻入近榻，气咻咻遍嗅足股。少间闻庭中嗥动，如鸡受缚，虎即趋出。

又坐少时，一美人入，兰麝扑人，悄然登榻，附耳小言曰：『我来矣。』一言之间，口脂散馥。贾瞑然不少动。又低声曰：『睡乎？』声音颇类其妻，心微动。又念曰：『此皆师相试之幻术也。』

瞑如故。美人曰：『鼠子动矣！』初，夫妻与婢同室，狎亵惟恐婢闻，私约一谜曰：『鼠子动，则相欢好。』忽闻是语，不觉大动，开目凝视，真其妻也。问：『何能来？』答云：『郎生恐君岑寂思归，遣一妪导我来。』言次，因贾出门不相告语，偎傍之际，颇有怨怼。贾慰藉良久，始得嬉笑为欢。既毕，夜已向晨，闻叟谯呵声，渐近庭院。妻急起，无地自匿，遂越短墙而去。俄顷郎从叟入。叟对贾杖郎，便令逐客。郎亦引贾自短墙出，曰：『仆望君奢，不免躁进；不图情缘未断，累受扑责。从此暂别，相见行有日矣。』指示归途，拱手遂别。

贾俯视故村，故在目中。意妻弱步，必滞途间。疾趋里余，已至家门，但见房垣零落，旧景全非，村中老幼，竟无一相识者，心始骇异。忽念刘、阮返自天台，情景真似。不敢入门，于对户憩坐。良久，有老翁曳杖出。贾揖之，问：『贾某家何所？』翁指其第曰：『此即是也。得无欲闻奇事耶？仆悉知之。相传此公闻捷即遁；遁时其子才七八岁。后至十四五岁，母忽大睡不醒。子在时，寒暑为之易衣；迨后穷蹙[7]，房舍拆毁，惟以木架苫覆蔽之。月前夫人忽醒，屈指百余年矣。远近闻其异，皆来访视，近日稍稀矣。』贾豁然顿悟，曰：『翁不知贾奉雉即某是也。』翁大骇，走报其家。

时长孙已死；次孙祥，至五十余矣。以贾年少，疑有诈伪。少间夫人出，始识之。双涕霪霪，呼与俱去。苦无屋宇，暂入孙舍。大小男妇，奔入盈侧，皆其曾、玄，率陋劣少文。长孙妇吴氏，沽酒具藜藿；又使少子杲及妇，与已同室，除舍舍祖翁姑。贾入舍，烟埃儿溺，杂气熏人。居数日，懊惋殊不可耐。两孙家分供餐饮，调饪尤乖。里中以贾新归，日日招饮；而夫人恒不得一饱。吴氏故士人女，颇娴闺训，承顺不衰。祥家给奉渐疏，或呼而与之。贾怒，携夫人去，设帐东里。每谓夫人曰：『吾甚悔此一返，而已无及矣。不得已，复理旧业，若心无愧耻，富贵不难致也。』居年余，吴氏犹时馈赠，而祥父子绝迹矣。是岁试入邑庠。宰重其文，厚赠之，由此家稍裕。祥稍稍来近就之。贾唤入，计囊所耗费出金偿之，斥绝令去。遂买新第，移吴氏共居之，吴二子，长者留守旧业；次杲颇慧，使与门人辈共笔砚。

贾自山中归，心思益明澈，遂连捷登进士。又数年，以侍御出巡两浙，声名赫奕，歌舞楼台，一时称盛。贾为人鲠峭[8]，不避权贵，朝中大僚思中伤之。贾屡疏恬退，未蒙俞允，未几而祸作矣。先是，祥六子皆无赖，贾虽摈斥不齿，然皆窃余势以作威福，横占田宅，乡人共患之。有某乙娶新妇，祥次子篡娶为妾。乙故狙诈，乡人敛金助讼，以此闻于都。当道交章劾贾。贾殊无以自剖，被收经年。祥及次子皆瘐死。贾奉旨充辽阳军。

时杲入泮已久，人颇仁厚，有贤声。夫人生一子，年十六，遂以嘱杲，夫妻携一仆一媪而去。贾曰：『十余年之富贵，曾不如一梦之久。今始知荣华之场，皆地狱境界，悔比刘晨、阮肇，多造一重孽案耳。』数日抵海岸，遥见巨舟来，鼓乐殷作，虞候皆如天神。既近，舟中一人出，笑请侍御过舟少憩。贾见惊喜，踊身而过，押吏不敢禁。夫人急欲相从，而相去已远，遂愤投海中。漂泊数步，见一人垂练于水引救而去。隶命篙师[9]荡舟，且追且号，但闻鼓声如雷，与轰涛相间，瞬间遂杳。仆识其人，盖郎生也。

异史氏曰：世传陈大士在闱中，书艺既成，吟诵数四，叹曰：『亦复谁人识得！』遂弃而更作，以故闱墨不及诸稿。贾生羞而遁去，盖亦有仙骨焉。乃再返人世，遂以口腹自贬[10]，贫贱之中人甚矣哉！

注释

①谈言微中：意谓言谈委婉，但切中事理。《史记·滑稽列传》：『谈言微中，亦可解纷。』

②足下：称呼对方的敬辞。

③跂：踮起脚尖。

④俯而就之：降格屈就。《礼记·檀弓上》：『子思曰：先王之制礼也，过之者，俯而就之；不至焉者，跂而及之。』

⑤塌茸泛滥：形容文词境界不高，语意浮夸。

⑥傥来：无意中得到。《庄子·缮性》：『物之傥来，寄也。』此处指意外得来的荣华富贵，如镜花水月。

⑦穷蹴：贫困。蹴，同『蹙』。

⑧鲠峭：耿直。

⑨篙师：指船夫。

⑩以口腹自贬：为生活所迫不得不做违心之举。口腹，指饮食。

胭脂

东昌卞氏，业牛医者，有女小字胭脂，才姿惠丽。父宝爱之，欲占卜[①]清门，而世族鄙其寒贱，不屑缔盟，所以及笄未字。对户庞姓之妻王氏，佻脱善谑，女闺中谈友也。一日送至门，见一少年过，白服裙帽，丰采甚都。女意动，秋波萦转之。少年俯首趋去。去既远，女犹凝眺。王窥其意，戏谓曰：『以娘子才貌，得配若人，庶可无憾。』女晕红上颊，脉脉不作一语。王问：『识得此郎否？』女曰：『不识。』曰：『此南巷鄂秀才秋隼，故孝廉之子。妾向与同里，故识之，世间男子无其温婉。近以妻服未阕，故衣素。娘子如有意，当寄语使委冰焉。』女无语，王笑而去。

数日无耗，女疑王氏未往，又疑宦裔不肯俯就。邑邑徘徊，渐废饮食；萦念颇苦，寝疾惙顿。王氏适来省视，研诘病由。女曰：『自亦不知。但尔日别后，渐觉不快，延命假息，朝暮人也。』王小语曰：『我家男子负贩未归，尚无人致声鄂郎。芳体②违和，莫非为此？』女赪颜良久。王戏曰：『果为此，病已至是，尚何顾忌？先令其夜来一聚，彼宁不肯可？』女叹气曰：『事至此，已不能羞。若渠不嫌寒贱，即遣冰来，病当愈；若私约，则断断不可！』王颔之而去。

王幼时与邻生宿介通，既嫁，宿侦夫他出，辄寻旧好。是夜宿适来，因述女言为笑，戏嘱致意鄂生。宿久知女美，闻之窃喜其有机可乘。欲与妇谋，又恐其妒，乃假无心之词，问女家闺闼甚悉。次夜逾垣入，直达女所，以指叩窗。女问：『谁何？』答曰：『鄂生。』女曰：『妾所以念君者，为百年，不为一夕。郎果爱妾，但当速遣冰人；若言私合，不敢从命。』宿姑诺之，苦求一握玉腕为信。女不忍过拒，力疾启扉。宿遽入，抱求欢。女无力撑拒，仆地上，气息不续。宿急曳之。女曰：『何来恶少，必非鄂郎；果是鄂郎，其人温驯，知妾病由，当相怜恤，何遂狂暴若此！若复尔尔③，便当鸣呼，品行亏损，两无所益！』宿恐假迹败露，不敢复强，但请后会。女以亲迎为期。宿以为远，又请。女厌纠缠，约待病愈。宿求信物，女不许；宿捉足解绣履而出。女呼之返，曰：『身已许君，复何吝惜？但恐「画虎成狗」，致贻污谤。今亵物④已入君手，料不可反。君如负心，但有一死！』宿既出，又投宿王所。既卧，心不忘履，阴摸衣袂，竟已乌有。急起篝灯，振衣冥索。诘王，不应。疑其藏匿，王又故笑以疑之。宿不能隐，实以情告。言已遍烛门外，竟不可得。懊恨归寝，犹意深夜无人，遗落当犹在途也。早起寻，亦复杳然。

先是巷中有毛大者，游手无籍。尝挑王氏不得，知宿与洽，思掩执以胁之。是夜过其门，推之未扃，潜入。方至窗下，踏一物软若絮绵，拾视，则巾裹女舄。伏听之，闻宿自述甚悉，喜极，抽息而出。逾数夕，越墙入女家，门户不悉，误诣翁舍。翁窥窗见男子，察其音迹，知为女来。大怒，操刀直出。毛大骇，反走。方欲攀垣，而卞追已近，急无所逃，反身夺刃；媪起大呼，毛不得脱，因而杀翁。女稍痊，闻喧始起。共烛之，翁脑裂不能言，俄顷已绝。于墙下得绣履，媪视之，胭脂物也。逼女，女哭而实告之；不忍贻累王氏，言鄂生之自至而已。天明讼于邑。官拘鄂。鄂为人谨讷，年十九岁，见人羞涩如处子。被执骇绝。上堂不能置词，惟有战栗。宰益信其情实，横加梏械。生不堪痛楚，遂诬服。及解郡，敲扑如邑。生冤气填塞，每欲与女面质；及相见，女辄诟詈，遂结舌不能自伸，由是论死。经数官复讯无异。

后委济南府复审。时吴公南岱守济南，一见鄂生，疑其不类杀人者，阴使人从容私问之，俾尽得其词。公以是益知鄂生冤。筹思数日始鞫之。先问胭脂：『订约后有知者否？』曰：『无之。』『遇鄂生时别有人否？』亦曰：『无之。』乃唤生上，温语慰问。生曰：『曾过其门，但见旧邻妇王氏同一少女出，某即趋避，过此并无一言。』吴公叱女曰：『适言侧无他人，何以有邻妇也？』欲刑之。女惧曰：『虽有王氏，与彼实无关涉。』公罢质，命拘王氏。拘到，禁不与女通，立刻出审，便问王：『杀人者谁？』王曰：『不知。』公诈之曰：『胭脂供杀卞某汝悉知之，何得不招？』妇呼曰：『冤哉！淫婢自思男子，我虽有媒合之言，特戏之耳。彼自引奸夫入院，我何知焉！』公细诘之，始述其前后相戏之词。公呼女上，怒曰：『汝言彼不知情，今何以自供撮合哉？』女流涕曰：『自己不肖，致父惨死，讼结不知何年，又累他人，诚不忍耳。』公问王氏：『既戏后，曾语何人？』王供：『无之。』公怒曰：『夫妻在床应无不言者，何得云无？』王曰：『丈夫久客未归。』公曰：『虽然，凡戏人者，皆笑人之愚，以炫己之慧，更不向一人言，将谁欺？』命梏十指。妇不得已，实供：『曾与宿言。』公于是释鄂拘宿。宿至，自供：『不知。』公曰：『宿妓者必非良士！』严械之。宿供曰：『赚女是真。自失履后，未敢复往，杀人实不知情。』公曰：『逾墙者何所不至！』又械之。宿不任凌藉，遂亦诬承。招成报上，咸称吴公之神。铁案如山，宿遂延颈以待秋决矣。然宿虽放纵无行，实亦东国名士。闻学使施公愚山贤能称最，且又怜才恤士，宿因以一词控其冤枉，语言怆恻。公乃讨其招供，反复凝思之，拍案曰：『此生冤也！』遂请于院、司，移案再鞫。问宿生：『鞋遗何所？』供曰：『忘之。但叩妇门时，犹在袖中。』转诘王氏：『宿介之外，奸夫有几？』供曰：『无之。』公曰：『淫妇岂得专私一人？』又供曰：『身与宿介稚齿交合，故未能谢绝；后非无见挑者，身实未敢相从。』因使指其挑者，供云：『同里毛大，屡挑屡拒之矣。』公曰：『何忽贞白如此？』命搒之。妇顿首出血，力辨无有，乃释之。又诘：『汝夫远出，宁无有托故而来者？』曰：『有之。某甲、某乙，皆以借贷馈赠，曾一二次入小人家。』

盖甲、乙皆巷中游荡之子，有心于妇而未发者也。公悉籍其名，并拘之。既齐，公赴城隍庙，使尽伏案前。讯曰：『曩梦神告，杀人者不出汝等四五人中。今对神明，不得有妄言。如肯自首，尚可原宥；虚者廉得无赦！』同声言无杀人之事。公以三木置地，将并夹之。括发裸身，齐鸣冤苦。公命释之，谓曰：『既不自招，当使鬼神指之。』使人以毡褥悉障殿窗，令无少隙；袒诸囚背，驱入暗中，始投盆水，一一命自盥讫；系诸壁下，戒令『面壁勿动，杀人者当有神书其背』。少间，唤出验视，指毛曰：『此真杀人贼也！』盖公先使人以灰涂壁，又以烟煤濯其手：杀人者恐神来书，故匿背于壁而有灰色；临出以手护背，而有烟色也。公固疑是毛，至此益信。施以毒刑，尽吐其实。判曰：

『宿介：蹈盆成括杀身之道，成登徒子好色之名。只缘两小无猜，遂野鹜如家鸡之恋；为因一言有漏，致得陇兴望蜀之心。将仲子而逾园墙，便如鸟堕；冒刘郎而至洞口，竟赚门开。感帨惊尨，鼠有皮胡若此？攀花折树[5]，士无行其谓何！幸而听病燕之娇啼，犹为玉惜；怜弱柳之憔悴，未似莺狂。而释幺凤于罗中，尚有文人之意；乃劫香盟于袜底，宁非无赖之尤！蝴蝶过墙，隔窗有耳；莲花瓣卸，堕地无踪。假中之假以生，冤外之冤谁信？天降祸起，酷械至于垂亡；自作孽盈，断头几于不续。彼逾墙钻隙，固有玷夫儒冠；而僵李代桃，诚难消其冤气。是宜稍宽笞扑，折其已受之惨；姑降青衣，开彼自新之路。

『若毛大者：刁猾无籍，市井凶徒。被邻女之投梭，淫心不死；伺狂童之入巷，贼智忽生。开户迎风，喜得履张生之迹；求浆值酒，妄思偷韩掾之香。何意魄夺自天，魂摄于鬼。浪乘槎木，直入广寒之宫；径泛渔舟，错认桃源之路。遂使情火息焰，欲海生波。刀横直前，投鼠无他顾之意；寇穷安往，急兔起反噬之心。越壁入人家，止期张有冠而李借；夺兵遗绣履，遂教鱼脱网而鸿罹。风流道乃生此恶魔，温柔乡何有此鬼蜮哉！即断首领，以快人心。

『胭脂：身犹未字，岁已及笄。以月殿之仙人，自应有郎似玉；原霓裳之旧队，何愁贮屋无金？而乃感关雎而念好逑，竟绕春婆之梦[6]；怨摽梅[7]而思吉士，遂离倩女之魂。为因一线缠萦，致使群魔

交至。争妇女之颜色，恐失「胭脂」；惹鸷鸟之纷飞，并托「秋隼」。莲钩摘去，难保一瓣之香；铁限敲来，几破连城之玉。嵌红豆于骰子，相思骨竟作厉阶；丧乔木于斧斤，可憎才真成祸水！葳蕤自守，幸白璧之无瑕；缧绁苦争，喜锦衾之可覆。嘉其入门之拒，犹洁白之情人；遂其掷果之心，亦风流之雅事。仰彼邑令，作尔冰人。」

案既结，遐迩传颂焉。

自吴公鞫后，女始知鄂生冤。堂下相遇，觍然含涕，似有痛惜之词，而未可言也。生感其眷恋之情，爱慕殊切；而又念其出身微贱，日登公堂，为千人所窥指，恐娶之为人姗笑，日夜萦回，无以自主。判牒既下，意始安贴。邑宰为之委禽，送鼓吹焉。

异史氏曰：甚哉！听讼之不可以不慎也！纵能知李代为冤，谁复思桃僵亦屈？然事虽暗昧，必有其间，要非审思研察，不能得也。呜呼！人皆服哲人⑧之折狱明，而不知良工之用心苦矣。世之居民上者，棋局消日，绸被放衙，下情民艰，更不肯一劳方寸。至鼓动衙开，巍然坐堂上，彼哓哓者直以桎梏靖之，何怪覆盆⑨之下多沉冤哉！

施愚山先生校士山左，爱才如命，奖励后进，非止衡文无屈士也。尝有名士入场，作『宝藏兴焉』文，误认作『水』；录毕而始悟之，料无不黜之理。因作词文后云：『宝藏在山间，误认却在水边。山头盖起水晶殿。瑚长峰尖，珠结树颠。这一回崖中跌死撑船汉！告苍天：留点蒂儿，好与朋友看。』先生阅而和之曰：『宝藏将山夸，忽然见在水涯。樵夫漫说渔翁话。题目虽差，文字却佳，怎肯放在他人下。尝见他，登高怕险；那曾见，会水淹杀？』此亦怜才一事也。

注释

①占卜：卜婚。《左传·庄公二十二年》：春秋时，齐国懿仲想把女儿嫁给陈敬仲，占卜时，占得『凤凰于飞，和鸣锵锵』等吉语。

②芳体：对妇女身体的敬称。

③尔尔：不过如此。

④亵物：贴身衣物。此处指绣履。

⑤攀花折树：喻欺辱妇女。《诗·郑风·将仲子》：『将仲子兮，无逾我里，无折我树杞。岂敢爱之，畏我父母。』士无行，谓读书人品德低下。

⑥『而乃感关雎』二句：意谓胭脂对鄂生的恋情落空。《诗·周南·关雎》：『关关雎鸠，在河之洲。窈窕淑女，君子好逑。』

⑦摽梅：落梅，梅子成熟落地，喻女子到了该嫁人的时候。

⑧哲人：智者，有智慧的人。

⑨覆盆：倒扣的盆，比喻沉冤不见天日。

阿纤

奚山者，高密①人。贸贩为业，常客蒙沂间。一日途中阻雨，至歇处，夜已深，遍叩无应。徘徊底下。忽二扉豁开，一叟出，邀客入，山喜从之。絷蹇登堂，堂上并无几榻。叟曰：『我怜客无归，故相容纳。

我实非卖食沽饮者。家下止有老荆弱女，已眠熟矣。虽有宿肴，苦少烹鬻②，勿嫌冷啜也。」言已，便入。少顷，以足床来置地上，促客坐；又携一短足几至：往来蹀躞。山起坐不自安，曳令暂息。

少间，一女郎出行酒。叟顾曰：「我家阿纤兴矣。」视之，年十六七，窈窕秀弱，风致嫣然。山有少弟未婚，窃属意焉。因问叟清贯尊阀，答云：「士虚，姓古。子孙夭折，剩有此女。适不忍搅其酣睡，想老荆唤起矣。」问：「婿家阿谁？」答云：「未字。」山窃喜。既而品味杂陈，似所宿具。食已，致谢曰：「萍水之人，遂蒙宠惠，没齿所不敢忘。缘翁盛德，乃敢遽陈朴鲁：仆有弟三郎，十七岁矣。读书肄业，颇不冥顽。欲求援系，不嫌寒贱否？」叟喜曰：「老夫在此，亦是侨寓。倘得相托，便假一庐，移家而往，庶免悬念。」山都应之，遂启展谢。叟殷勤安置而去。鸡既鸣，叟出，呼客盥沐。束装已，酬以饭金。固辞曰：「留客一饭，万无受金之理；矧附为婚姻乎？」既别，客月余乃返。去村里余，遇老媪率一女郎，冠服尽素。既近，疑似阿纤。女郎亦频转顾，因把媪袂，附耳不知何辞。媪便停步，向山曰：「君奚姓乎？」山曰：「然。」媪惨容曰：「不幸老翁压于败堵，今将上墓。家虚无人，请少待路侧，行即还也。」遂入林去，移时始来。途已昏冥，遂与偕行。道其孤弱，不觉哀啼，山亦酸恻。媪曰：「此处人情大不平善，孤孀难以过度。阿纤既为君家妇，过此恐迟时日，不如早夜同归。」山可之。

既至家，媪挑灯供客已，谓山曰：「意君将至，储粟都已粜去；尚存二十余石，远莫致之。北去四五里，村中第一门有谈二泉者，是吾售主。君勿惮劳，先以尊乘运一囊去，叩门而告之，但道南村中古姥有数石粟，粜作路用，烦驱蹄嗷一致之也。」即以囊粟付山。山策蹇去，叩门，一硕腹男子出，告以故，倾囊先归。俄有两夫以五骡至。媪引山至粟所，乃在窖中。山下为操量执概，母放女收，顷刻盈装，付之以去。凡四返而粟始尽。既而以金授媪。媪留其一人二畜，治任遂东。行二十里，天始曙。至一市，市头赁骑，谈仆乃返。既归，山以情告父母。相见甚喜，再以别第馆媪，卜吉为三郎完婚。媪治奁装甚备。阿纤寡言少怒，或与言，但有微笑，昼夜绩织无停晷，以是上下俱怜悦之。嘱三郎曰：『寄语大伯：再过西道，勿言吾母子也。』居三四年，奚家益富，三郎入泮矣。

一日山宿古之旧邻，偶及曩年无归，投宿翁媪之事。主人曰：『客误矣。东邻为阿伯别第，三年前居者辄睹怪异，故空废甚久，有何翁媪相留？』山讶之，而未深信。主人又曰：『此宅向空十年无敢入者。一日第后墙倾，伯往视之，则石压巨鼠如猫，尾在外尚摇。急归，呼众往视，则已渺矣。群疑是物为妖。后十余日复入试，寂无形声；又年余始有居人。』山益奇之。归家私语，窃疑新妇非人，阴为三郎虑；而三郎笃爱如常。久之，家人竞相猜议。女微察之，至夜语三郎曰：『妾从君数年，未尝少失妇德；今置之不以人齿，请赐离婚书，听君自择良偶。』因泣下。三郎曰：『区区寸心，宜所夙知。自卿入门，家日益丰，咸以福泽归卿，乌得有异言？』女曰：『君无二心，妾岂不知；但众口纷纭，恐不免秋扇之捐[3]。』三郎再四慰解，乃已。

山终不释，日求善扑之猫以觇其异。女虽不惧，然蹙蹙不快。一夕谓媪小恙，辞三郎省侍之。天明三郎往讯。则室已空矣。骇极，使人四途踪迹，并无消息。中心营营，寝食都废。而父兄皆以为幸，将为续婚；而三郎殊不怿。又年余，绝无音问。父兄辄相诮责，不得已，勉买一妾，然思阿纤不衰。又数年，奚家日渐贫，由是咸忆阿纤。

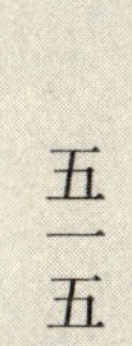

有叔弟岚以事至胶，迂道宿表戚陆生家。夜闻邻哭甚哀，未遑诘问。及返，又闻之，因问主人。答云：『数年前有寡母孤女，僦居于此。月前姥死，女独处无一线之亲，是以哀耳。』问：『何姓？』曰：『姓古。尝闭户不与里社通，故未悉其家世。』岚惊曰：『是吾嫂也！』遂往款扉。有人挥涕出，隔扉问曰：『客何人？我家故无男子。』岚隙窥而遥审之，果嫂，便曰：『嫂启关，我是叔家阿遂。』女拔关纳入，诉其孤苦，忆怆悲怀。岚曰：『三兄忆念颇苦，夫妻即有乖迕，何遂远遁至此？』即欲赁舆同归。女怆然曰：『我以人不齿数故，遂与母偕隐；今又返而依人，谁不加白眼？如欲复还，当与大兄分炊；不然，行乳药④求死耳！』

岚归以告三郎。三郎星夜驰去，夫妻相见，各有涕洟。次日告其屋主。屋主谢监生，窥女美，阴欲图致为妾，数年不取屋直，频风示媪，媪绝之。媪死，窃幸可媒，而三郎忽至。通计房租以留难之。三郎家故不丰，闻金多，有忧色。女曰：『不妨。』引三郎视仓储，约粟三十余石，偿租有余。三郎喜以告谢，谢不受粟，故索金。女叹曰：『此皆妾身之恶幛也！』遂以其情告三郎。三郎怒，将讼于邑。陆氏止之，为散粟于里党，敛资偿谢，以车送两人归。

三郎实告父母，与兄析居。阿纤出私金，日建仓廪，而家中尚无儋石，共奇之。年余验视，则仓中满矣。又不数年，家中大富；而山苦贫。女请翁姑自养之；辄以金粟周兄，习以为常。三郎喜曰：『聊可谓不念旧恶矣。』女曰：『彼自爱弟耳。且非兄，妾何缘识三郎哉？』后亦无甚怪异。

注释

①高密：县名，在今山东省。

②烹鬵：煮饭的器具。鬵，大釜，食具。

③秋扇之捐：比喻妇女遭受抛弃。班捷妤《怨歌行》：『常恐秋节至，凉风夺炎热，弃捐箧笥中，恩情中道绝。』

④乳药：服毒。

仇大娘

仇仲，晋人也。值大乱，为寇俘去。二子福、禄俱幼；继室[①]邵氏，抚双孤，遗业能温饱。而岁[②]屡馑，豪强者复凌藉之，遂至食息不保。仲叔尚廉利其嫁，屡劝驾，邵氏矢志不摇。廉阴券于大姓，欲强夺之；关说已成，并无人知。里人魏名夙狡狯，与仲家积不相能，事事思中伤之。因邵寡，伪造浮言以相败辱。大姓闻之，恶其不德而止。久之，廉之阴谋与外之飞语，邵渐闻之，冤结胸怀，朝夕陨涕，四体渐以不仁，委身床榻。福甫十六岁，因缝纫无人，遂急为毕姻。妇，姜秀才屺瞻之女，颇贤能，百事赖以经纪。由此用渐裕，仍使禄从师读。

魏忌嫉之，而阳与善，频招福饮，福倚为心腹交。魏乘间告曰：『尊堂病废，不能理家人生产，弟坐食一无所操作，贤夫妇何为作牛马哉！且弟买妇，将大耗金钱。为君计不如早析，则贫在弟而富在君也。』福归谋诸妇，妇咄之。奈魏日以微言[③]相渐渍，福惑焉，直以己意告母，母怒，诟骂之。福益恚，辄视金粟为他人物而委弃之。魏乘机诱赌，仓粟渐空，妇知而未敢言。及粮绝，母骇问，始以实告。母怒，遂析之。幸姜女贤，旦夕为母执炊，奉事一如平日。福既析，无顾忌，大肆淫赌，数月

间田屋悉偿赌债，而母与妻皆不知。福资既罄，无所为计，因券妻代资，苦无受者。邑人赵阎罗，原系漏网大盗，武断一乡④，竟不畏福言之食，慨然假资。福持去，数日复空。意踟蹰，将背券盟。赵横目相加。福惧，赚妻付之。魏闻窃喜，急奔告姜，实将倾败仇也。姜怒，讼兴；福惧甚，亡去。

姜女至赵家，方知为婿所卖，大哭，但欲觅死。赵初慰谕之，不听；既而威逼之，愈骂；大怒，鞭挞之，终不肯服。因拔笄自刺其喉，急救，已透食管，血溢出。赵急以帛束其项，犹冀从容而挫折焉。明日拘票已至，赵行行⑤不置意。官验女伤，命重笞之，隶相顾不敢用刑。官久知其横暴，至此益信，大怒，唤家人出，立毙之。姜遂舁女归。自姜之讼也，邵氏始知福不肖状，一号几绝，冥然大渐。禄时年十五，茕茕无主。

先是，仲有前室女大娘，嫁于远郡，性刚猛，每归宁，馈赠不满其志，辄迕父母，往往以愤去，仲以是怒恶之；数载已不往置问。邵氏垂危，魏欲使招之来而启其争。适有贸贩者与大娘同里，便托寄信大娘，且歆以家之可图。数日大娘果与少子至。入门，见幼弟侍病母，景象凄惨，不觉恻然。因问弟福，禄实告之。大娘闻之，忿气塞吭，曰：『家无成人，遂任人蹂躏至此！吾家田产，诸贼何得赚去！』因入厨下，爇火炊糜，先供母，而后呼弟及子啖之。啖已，忿出，诣邑投状，讼诸博徒。众惧，敛金赂大娘。大娘受其金而仍讼之。官拘甲、乙等，各加杖责，田产殊置不问。大娘率子赴郡讼之。郡守最恶赌博。大娘力陈孤苦，及诸恶局骗之状，情词慷慨。守为之动，判令知县追田给主；仍惩仇福以儆不肖。到县，邑令奉命敲逼，于是故产尽反。

大娘已寡，乃遣少子归，且嘱从兄务业，勿得复来。大娘从此止母家，养母教弟，内外井然。

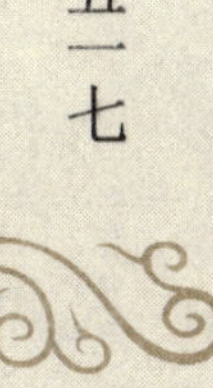

母大慰，病渐瘥，家务悉委大娘。里中豪强少见陵暴，辄握刀登门，侃侃⑥争论，罔不屈服。居年余，田产日增。时市药饵珍肴，馈遗姜女。见禄渐长成，嘱媒谋姻。魏告人曰：『仇家产业，悉属大娘，恐将来不可复返矣。』人咸信之，故无肯与论婚者。

有范公子子文，家中名园为晋第一。园中名花夹路，直通内室。或不知而误入之，公子怒，执为盗，杖几死。会清明，禄自塾中归，魏引与遨游，遂至范园。魏故与园丁相熟，放令入，周历亭榭。俄至一处，溪水汹涌，有画桥朱栏，通一漆门；遥望门内，繁花如锦，盖即公子内斋也，魏绐禄曰：『君请先入，我适欲私焉。』禄信之，寻桥入户，至一院落，闻女子笑声。方停步间，一婢出，窥见之，旋踵即返。禄始骇奔。无何公子出，叱家人绾索逐之。禄大窘，自投溪中。公子反怒为笑，命仆引出。见其容裳都雅，便令易其衣履，曳入一亭，诘其姓氏。蔼颜温语，意甚亲昵。俄趋入内；旋出，笑握禄手，过桥渐达曩所。禄不解其意，逡巡不敢入。公子强曳之入，见花篱内隐隐有美人窥伺。既坐，则群婢行酒。禄辞曰：『童子无知，误践闺闼，得蒙赦宥，已出非望。但求释令早归，受恩匪浅。』公子不听。俄顷，肴炙纷纭。禄又起，辞以醉饱，公子捺坐，笑曰：『仆有一乐拍名，若能对之，即放君行。』禄请教。公子曰：『拍名「浑不似」。』禄默思良久，对曰：『银成「没奈何」。』公子大喜曰：『真石崇也！』禄殊不解。

盖公子有女名蕙娘，美而知书，日择良偶。夜梦一人告之曰：『石崇，汝婿也。』问：『何在？』曰：『明日落水矣。』早告父母，共以为异。禄适符梦兆，故邀入内舍，使夫人女婢共觇之也。公子闻对而喜，乃曰：『拍名乃小女所拟，屡思而无其偶，今得属对，亦有天缘。仆欲以息女奉箕帚；寒舍不乏第宅，更无烦

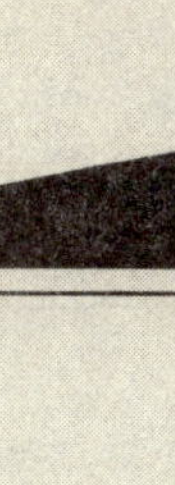

亲迎耳。』禄惶然逊谢，且以母病不能入赘为辞。公子姑令归谋，遂遣园人负湿衣，送之以马。既归告母，母惊为不详。于是始知魏氏险；然因凶得吉，亦置不仇，但戒子远绝而已。逾数日公子又使人致意母，母终不敢应。大娘应之，即倩双媒纳采焉。未几禄赘入公子家。年余游泮，才名籍甚。妻弟长成，敬少弛；禄怒，携妇而归，母已杖而能行。频岁赖大娘经纪，第宅完好。新妇既归，仆从如云，宛然大家矣。

魏既见绝，嫉妒益深，恨无瑕之可蹈，乃引旗下逃人诬禄寄资。国初立法最严，禄依令徙口外。范公子上下贿托，仅以蕙娘免行；田产尽没入官。幸大娘执析产书，锐身告理，新增良沃⑦若干顷，悉挂福名，母女始得安居。禄自分不返，遂写离书付岳家，伶仃自去。

行数日至都北，饭于旅肆。有丐子怔营户外，貌绝类兄；亲往讯诘，果兄。禄因自述，兄弟悲惨。禄解复衣，分数金，嘱令归。福泣受而别。禄至关外，寄将军帐下为奴。因禄文弱，俾主文籍，与诸仆同栖止。仆辈研问家世，禄悉告之。内一人惊曰：『是吾儿也！』盖仇仲初为寇家牧马，后寇投诚，卖仲旗下，时从主屯关外。向禄缅述，始知真为父子，抱头大哭，一室俱为酸辛。已而愤曰：『何物逃东，遂诈吾儿！』因泣告将军。将军即命禄摄书记；函致亲王，付仲诣都。仲伺车驾出，先投冤状。亲王为之婉转，遂得昭雪，命地方官赎业归仇。仲返，父子各喜。禄细问家口，为赎身计。乃知仲入旗下，两易配而无所出，时方鳏居。禄遂治任归。

初，福别弟归，匍匐投大娘。大娘奉母坐堂上，操杖问之：『汝愿受扑责，便可姑留；不然，汝田产既尽，亦无汝啖饭之所，请仍去。』福涕泣伏地，愿受笞。大娘投杖曰：『卖妇之人，亦不足惩。但宿案未消，再犯首官可耳。』即使人往告姜，姜女骂曰：『我是仇家何人，而相告耶！』大娘频述告福而揶揄之，福惭愧不敢出气。居半年，大娘虽给奉周备，而役同厮养。福操作无怨词，托以金钱辄不苟。大娘察其无他，乃白母，求姜女复归，母意其不可复挽，大娘曰：『不然。渠如肯事二主，楚毒岂肯自罹？要不能不有此忿耳。』率弟躬往负荆。岳父母诮让良切。大娘叱使长跪，然后请见姜女。请之再四，坚避不出；大娘搜捉以出。女乃指福唾骂，福惭汗无地自容。姜母始曳令起。大娘请问归期，女曰：『向受姊惠綦多，今承尊命，岂复敢有异言？但恐不能保其不再卖也！且恩义已绝，更何颜与黑心无赖子共生活哉？请别营一室，妾往奉事老母，较胜披削足矣。』大娘代白其悔，为翌日之约而别。

次日，以乘舆取归，母逆于门而跪拜之。女伏地大哭。大娘劝止，置酒为欢，命福坐案侧，乃执爵而言曰：『我苦争者非自利也。今弟悔过，贞妇复还，请以簿籍交纳；我以一身来，仍以一身去耳。』夫妇皆兴席改容。罗拜哀泣，大娘乃止。居无何，昭雪命下，不数日，田宅悉还故主。魏大骇，不知其故，自恨无术可以复施。适西邻有回禄之变⑧，魏托救焚而往，暗以编菅拃禄第，风又暴作，延烧几尽；止余福居两三屋，举家依聚其中。未几禄至，相见悲喜。初，范公子得离书，持商蕙娘。蕙娘痛哭，碎而投诸地。父从其志，不复强。禄归闻其未嫁，喜如岳所。公子知其灾，欲留之；禄不可，遂辞而退。大娘幸有藏金，出葺败堵。福负锸营筑，掘见窖镪，夜与弟共发之，石池盈丈，满中皆不动尊也。由是鸠工大作，楼舍群起，壮丽拟于世胄。禄感将军义，备千金往赎父。福请行，因遣健仆辅之以去。禄乃迎蕙娘归。未几父兄同归，一门欢腾。大娘自居母家，禁子省视，恐人议其私也。父既归，坚辞欲去。兄弟不忍。父乃析产而三之：子得二，女得一也。大娘固辞。兄弟皆泣曰：『吾等非姊，乌有今日！』大娘乃安之，遣人招子移家共居焉。或问大娘：『异母兄弟，何遂关切如此？』大娘曰：『知

有母而不知有父者，惟禽兽如此耳，岂以人而效之？』福禄闻之皆流涕，使工人治其第，皆与己等。魏自计十余年，祸之而益福之，深自愧悔。又仰其富，思交欢之，因以贺仲阶进，备物而往。福欲却之；仲不忍拂，受鸡酒焉。鸡以布缕缚足，逸入灶；灶火燃布，往栖积薪，僮婢不察。俄而薪焚灾舍，一家惶骇。幸手指众多，一时扑灭，而厨中已百物俱空矣。兄弟皆谓其物不祥。后值父寿，魏复馈牵羊。却之不得，系羊庭树。夜有僮被仆殴，忿趋树下，解羊索自经死。兄弟叹曰：『其福之不如其祸之也！』自是魏虽殷勤，竟不敢受其寸缕，宁厚酬之而已。后魏老，贫而作丐，仇每周以布粟而德报之。

异史氏曰：噫嘻！造物之殊不由人也！益仇之而益福之，彼机诈者无谓甚矣。顾受其爱敬；而反以得祸，不更奇哉？此可知盗泉[9]之水，一掬亦污也。

注释

①继室：续娶的妻子。

②岁：农业收成。

③微言：暗中进言。

④武断一乡：谓横行乡里。《史记·平准书》：『或至兼并豪党之徒，以武断于乡曲。』

⑤行行：刚强的样子。

⑥侃侃：理直气壮的样子。

⑦良沃：肥沃的田地。

⑧回禄之变：指发生火灾。回禄，迷信中的火神。

⑨盗泉：古泉名，在今山东省泗水县东北。《尸子》：孔子『过于盗泉，渴矣而不饮，恶其名也。』古人用此比喻以卑鄙的手段得来的东西。此处比喻恶人魏名所送的礼物。

龙飞相公

安庆[1]戴生，少薄行，无检幅。一日醉归，途中遇故表兄季生。醉后昏眊[2]，竟忘其死，问：『向在何所？』季曰：『仆已异物[3]，君忘之耶？』戴始恍然，而醉亦不惧，问：『冥间何作？』答曰：『近在转轮王[4]殿下司录。』戴曰：『人世祸福当必知之？』季曰：『此仆职也，乌得不知？但过繁不甚关切，不能尽记耳。三日前偶稽册，尚睹君名。』戴急问其何词，季曰：『不敢相欺，尊名在黑暗狱[5]中。』戴大惧，酒亦醒，苦求拯拔。季曰：『此非仆所能效力，惟善可以已之。然君恶籍盈指，非大善不可复挽。穷秀才有何大力？即日行一善，非年余不能相准，今已晚矣。但从此砥行，则地狱或有出时。』戴闻之泣下，伏地哀恳；及仰首而季已杳矣。悒悒而归。由此洗心改行，不敢差跌。

先是，戴私其邻妇，邻人闻之而不肯发，思掩执之。而戴自改行，永与妇绝；邻人伺之不得，以为恨。一日遇于田间，阳与语，给窥眢井[6]，因而堕之。井深数丈，计必死。而戴中夜苏，坐井中大号，殊无知者。邻人恐其复上，过宿往听之；闻其声，急投石。戴移避洞中，不敢复作声。邻人知其不死，劚土[7]填井，几满之。

洞中冥黑真与地狱无异。况空洞无所得食，计无生理。蒲匐渐入，则三步外皆水，无所复之，还坐故处。初觉腹馁，久竟忘之。因思重泉下无善可行，惟长宣佛号而已。既见磷火浮游，荧荧满洞，

因而祝之曰：『闻青磷悉为冤鬼；我虽暂生，固亦难返，如可共话，亦慰寂寞。』但见诸磷渐浮水来；磷中有一人，高约人身之半。诘所自来，答云：『此古煤井。主人攻煤，震动古墓，被龙飞相公决地海之水，溺死四十三人。我皆鬼也。』问：『相公何人？』曰：『不知也。但相公文学士，今为城隍幕客，彼亦怜我等无辜，三五日辄一施水粥。思我辈冷水浸骨，超拔无日。君倘再履人世，祈捞残骨葬一义冢，则惠及泉下者多矣。』戴曰：『如有万分之一，此更何难。但深在九地，安望重睹天日乎！』因教诸鬼使念佛，捻块代珠，记其藏数。不知时之昏晓：倦则眠，醒则坐而已。

忽见深处有笼灯，众喜曰：『龙飞相公施食矣！』邀戴同往。戴虑水沮，众强曳扶以行，飘若履虚。曲折半里许，至一处，众释令自行；步益上，如升数仞之阶。阶尽，睹房廊，堂上烧明烛一支，大如臂。戴久不见火光，喜极趋上。上坐一叟，儒服儒巾。戴辍步不敢前，叟已睹见，讶问：『生人何来？』戴上，伏地自陈。叟曰：『我子孙也。』因令起，赐之坐。自言：『戴潜，字龙飞。向因不肖孙堂，连结匪类，近墓作井，使老夫不安于夜室，故以海水投之。今其后续如何矣？』盖戴近宗凡五支，堂居长。初，邑中大姓赂堂，攻煤于其祖茔之侧。诸弟畏其强莫敢争。无何地水暴至，采煤人尽死井中。诸死者家群兴大讼，堂及大姓皆以此贫；堂子孙至无立锥。戴乃堂弟裔也。曾闻先人传其事，因告翁。翁曰：『此等不肖，其后焉得昌！汝既来此，当勿废读。』因饷以酒馔，遂置卷案头，皆成、洪制艺，迫使研读。又命题课文，如师教徒。堂上烛常明，不剪亦不灭。倦时辄眠，莫辨晨夕。翁时出，则以一僮给役。历时觉有数年之久，然幸无苦。但无别书可读，惟制艺百首，首四千余遍矣。翁一日谓曰：『子孽报已满，合还人世。余冢邻煤洞，阴风刺骨，得志后当迁我于东原。』戴敬诺。翁乃唤集群鬼，仍送至旧坐处。群鬼罗拜再嘱。戴亦不知何计可出。

先是家中失戴，搜访既穷，母告官，系缧多人，杳无踪迹。积三四年，官离任，缉察亦弛。戴妻不安于室，遣嫁去。会里中人复治旧井，入洞见戴，抚之未死。大骇，报诸其家。舁归经日，始能言其底里。自戴入井，邻人殴杀其妻，为妻翁所讼，驳审年余，仅存皮骨而归。闻戴复生，大惧亡去。宗人议究治之。戴不许；且谓曩时实所自取，此冥中之谴，于彼何与焉。邻人察其意无他，始逡巡而归。井水既涸，戴买人入洞拾骨，俾各为具，市棺设地，葬丛冢焉。又稽宗谱名潜，字龙飞，先设品物祭诸冢。学使闻其异，又赏其文，是科以优等入闱，遂捷于乡。既归，营兆[8]东原，迁龙飞厚葬之；春秋上墓，岁岁不衰。

异史氏曰：余乡有攻煤者，洞没于水，十余人沉溺其中。竭水求尸，两月余始得涸，而十余人并无死者。盖水大至时，共泅高处，得不溺。缒而上之，见风始绝，一昼夜乃渐苏。始知人在地下，如蛇鸟之蛰，急切未能死也。然未有至数年者。苟非至善，三年地狱中，岂复有生理哉！

注释

①安庆：即明清安庆府，在今安徽安庆市。

②昏眊：视觉模糊。

③异物：指死人。

④转轮王：梵语意译，又作『转轮圣帝』、『转轮圣王』、『轮王』等，是神话中法力极强的『圣王』，相传他自天感得转轮宝，以转轮宝而降伏四方。

⑤黑暗狱：为传说中的十八层地狱之一。

⑥眢井：枯井。

⑦劚土：掘土。劚，锄头，引申为挖掘。

⑧营兆：修建坟墓。兆：指墓地。

五通

南有五通①，犹北之有狐也。然北方狐祟、尚可驱遣；而江浙五通，则民家美妇辄被淫占，父母兄弟皆莫敢息，为害尤烈。

有赵弘者吴之典商也，妻阎氏颇风格。一夜有丈夫岸然自外入，按剑四顾，婢媪尽奔。阎欲出，丈夫横阻之，曰：『勿相畏，我五通神四郎也。我爱汝，不为汝祸。』为抱腰举之，如举婴儿，置床上，裙带自开，遂狎之。而伟岸甚不可堪，迷惘中呻楚欲绝。四郎亦怜惜，不尽其器。既而下床，曰：『我五日当复来。』乃去。弘于门外设典肆，是夜婢奔告之。弘知其五通，不敢问。质明视之，妻惫不起，心甚羞恨，戒家人勿播。妇三四日始就平复，惧其复至。婢媪不敢宿内室，悉避外舍；惟妇对烛含愁以伺之。无何四郎偕两人入，皆少年蕴藉②。有僮列肴酒，与妇共饮。妇羞缩低头，强之饮亦不饮；心惕惕然，恐更番为淫，则命合尽矣。三人互相劝酬，或呼大兄，或呼三弟。饮至中夜，上坐二客并起，曰：『今日四郎以美人见招，会当邀二郎、五郎醵酒③为贺。』遂辞而去。四郎挽妇入帏，妇哀免；四郎强合之，鲜血流离，昏不知人，四郎始去。妇奄卧床榻，不胜羞愤，思欲自尽，而投缳则带自绝，

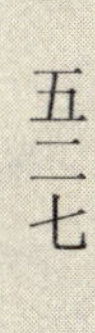

屡试皆然，苦不得死。幸四郎不常至，约妇痊可始一来。积两三月，一家俱不聊生。

有会稽万生者，赵之表弟，刚猛善射。一日过赵，时已暮，赵以客舍为家人所集，遂宿赵内院。万久不寐，闻庭中有人行声，伏窗窥之，见一男子入妇室。疑之，捉刀而潜视之，见男子与阎氏并肩坐，肴陈几上矣。忿火中腾，奔而入。男子惊起，急觅剑；刀已中颅，颅裂而踣。视之则一小马，大如驴。愕问妇；妇具道之，且曰：『诸神将至，为之奈何！』万摇手，禁勿声。灭烛取弓矢，伏暗中。未几有四五人自空飞堕，万急发一矢，首者殪。三人吼怒，拔剑搜射者。万握刀依扉后，寂不动。人入，剁颈亦殪。仍倚扉后，久之无声，乃出，叩关告赵。赵大惊，共烛之，一马两豕死室中。举家相庆。犹恐二物复仇，留万于家，炰豕④烹马而供之，味美异于常馐。万生之名，由是大噪。

居月余，其怪竟绝，乃辞欲去。有木商某苦要之。先是，木有女未嫁，忽五通昼降，是二十余美丈夫，言将聘作妇，委金百两，约吉期而去。计期已迫，合家惶惧。闻万生名，坚请过诸其家。恐万有难词，隐不以告。盛筵既罢，妆女出拜客，年十六七，是好女子。万错愕不解其故，离席伛偻⑤，某捺坐而实告之。万生平意气自豪，遂亦不辞。至日某乃悬彩于门，使万坐室中。日昃不至，疑新郎已在诛数。未几见檐间忽如鸟坠，则一少年盛服入，见万，返身而奔。万追出，但见黑气欲飞，以刀跃挥之，断其一足，大嗥而去。俯视，则巨爪大如手，不知何物；寻其血迹，入于江中。某大喜，闻万无偶，是夕即以所备床寝，使与女合卺焉。

于是素患五通者，皆拜请一宿其家。居年余始携妻而去。从此吴中止有一通，不敢公然为害矣。

异史氏曰：『五通、青蛙，惑俗已久，遂至任其淫乱，无人敢私议一语。万生真天下之快人也！』

金生字王孙，苏州人。设帐于淮，馆缙绅园。园中屋宇无多，花木丛杂。夜既深，僮仆尽散，辄吊孤影。

一夜三漏将残，忽有人以指弹扉。急问之，对以『乞火』，声类馆僮。启户则二八佳丽，一婢从之。生意妖魅，穷诘甚悉。女曰：『妾以君风雅之士，枯寂可怜，不畏多露，相与遣此良宵。恐言其故，妾不敢来，君亦不敢纳也。』生又以为邻之奔女，惧丧行检，敬谢之。女横波一顾，生觉神魂都迷，忽颠倒不能自主。婢已知之，便云：『霞姑，我且去。』女颔之。既而呵之曰：『去则去耳，甚得云耶、霞耶！』婢既去，女笑曰：『适室中无人，遂偕婢从来。无知如此，遂以小字令君闻矣。』生曰：『卿深细如此，故仆惧有祸机。』女曰：『久当自知，但不败君行止，勿忧也。』上榻缓其装束。见臂上腕钏，以条金贯火齐，衔明珠二粒；烛既灭，光照一室。生益骇，终莫测其所自至。生于女去时遥尾之，女似已觉，遽蔽其光，树浓茂，昏不见掌而返。

一日生诣河北，笠带断绝，风吹欲落，辄于马上以手自按。至河，坐扁舟上，飘风堕笠，随波竟去。意颇自失。既渡，见大风飘笠，团转空际；渐落，以手承之，则带已续矣。异之。归斋向女缅述；女不言，但微笑之。生疑女所为，曰：『卿果神人，当相明告，以祛烦惑。』女曰：『岑寂之中，得此痴情人为君破闷，妾自谓不恶。纵令妾能为此，亦相爱耳。苦致诘难，欲相绝耶？』生不敢复言。

先是生有甥女既嫁，为五通所惑，心忧之而未以告人。缘与女狎昵既久，肺膈无不倾吐。女曰：『此等物事，家君能驱除之。顾何敢以情人之私告诸严君？』生苦哀求计。女沉思曰：『此亦易除，

但须亲往。若辈皆我奴隶，若令一指得着肌肤，则此耻西江不能濯也。』生哀求不已，女曰：『当即图之。』次夕至，告曰：『妾为君遣婢南下矣。婢子弱，恐不能便诛却耳。』次夜方寝，婢来叩户，生急内入，女问：『何如？』答曰：『力不能擒，已宫之矣。』笑问其状，曰：『初以为郎家也；既到始知其非。比至婿家，灯火已张，入见娘子坐灯下，隐几若寐，我敛魂覆瓻中。少时物至，入室急退，曰：「何得寓生人！」审视无他，乃复入。我阳若迷。彼启衾入，又惊曰：「何得有兵气！」本不欲以秽物污指，奈恐缓而生变，遂急捉而阉之。物惊嗥遁去。乃起启瓻，娘子若醒，而婢子行矣。』生喜谢之，女与俱去。

后半月余，女不复至，亦已绝望。岁暮解馆欲归，女复至。生喜逆之，曰：『卿久见弃，念必有获罪处；幸不终绝耶？』女曰：『终岁之好，分手未有一言，终属缺事。闻君卷帐，故窃来一告别耳。』生请偕归，女叹曰：『难言之矣！今将别，情不忍昧。妾实金龙大王之女，缘与君有夙分，故来相就。不合遣婢江南，致江湖流传，言妾为君阉割五通。家君闻之，以为大辱，忿欲赐死。幸婢以身自任，怒乃稍解；杖婢以百数。妾一跬步，必使保母从之，投隙一至，不能尽此衷曲，奈何！』言已欲别，生挽之而泣。女曰：『君勿尔，后三十年可复相聚。』生曰：『仆年三十矣；又三十年，皤然一老，何颜复见？』女曰：『不然，龙宫无白叟也。且人生寿夭，不在容貌，如徒求驻颜，固亦大易。』乃书一方于卷头而去。

生旋里，甥女始言其异，云：『当晚若梦，觉一人捉塞盎中；既醒，则血殷床褥而怪绝矣。』生曰：『我曩祷河伯耳。』群疑始解。

后生六十余，貌犹类三十许人。一日渡河，遥见上流浮莲叶大如席，一丽人坐其上，近视则神女也。

生跃从之，人随荷叶俱小，渐渐如钱而灭。此事与赵弘一则，俱明季事，不知孰前孰后。若在万生用武之后，则吴下仅遗半通，宜其不为害也。

注释

①五通：江南淫鬼邪神名，又称『五圣』、『五显灵公』、『五郎神』。

②蕴藉：宽厚有涵养。

③醵酒：很多人一起凑钱饮酒。

④炰豕：烤猪肉。炰，同『炮』，指烧烤。

⑤离坐伛偻：女子出拜，万离坐鞠躬，表示不敢受拜，不平视对方，避男女之嫌。

申氏

泾河之间，有士人子申氏者，家窭贫①，竟日恒不举火。夫妻相对，无以为计。妻曰：『无已，子其盗乎！』申曰：『士人子不能亢宗而辱门户、羞先人，跖而生，不如夷而死！』妻忿曰：『子欲活而恶辱耶？世不田而食者，止两途：汝既不能盗，我无宁娼乎！』申怒，与妻语相侵。妻含愤而眠。申念：为男子不能谋两餐，至使妻欲娼，固不如死！潜起，投缳庭树间。但见父来，惊曰：『痴儿，何至于此！』断其绳，嘱曰：『盗可以为，须择禾黍深处伏之。此行可富，无庸再矣。』妻闻堕地声，惊寤：呼夫不应，爇火觅之，见树上缳绝，申死其下。大骇。抚捺之，移时而苏，扶卧床上。妻忿气少平。既明托夫病，乞邻得稀酏②饵申。申啜已，出而去。至午负一囊米至。妻问所从来，曰：『余

父执皆世家，向以摇尾羞，故不屑相求也。古人云：「不遭者可无不为。」今且将作盗，何顾焉！可速炊，我将从卿言往行劫。』妻疑其未忘前言不忿，含忍之。因淅米作糜。申饱食讫，急寻坚木，斧作梃，持之欲夫。妻察其意似真，曳而止之。申曰：『子教我为，事败相累，当无悔！』绝裾③而出。日暮抵邻村，违村里许伏焉。忽暴雨上下淋湿，遥望浓树，将以投止。而电光一照，已近村垣。远外似有行人，恐为所窥，见垣下有禾黍蒙密，疾趋而入，蹲避其中。无何一男子来，躯甚壮伟，亦投禾中。申惧不敢少动，幸男子斜行去。微窥之，入于垣中。默忆垣内为富室亢氏第，此必梁上君子，伺其重获而出，当合有分。又念其人雄健，倘善取不予，必至用武。自度力不敌，不如乘其无备而颠之。计已定，伏伺良专。直将鸡鸣，始越垣出，足未至地，申暴起，挺中腰膂，踣然倾跌，则一巨龟，喙张如盆。大惊，又连击之，遂毙。

先是亢翁有女绝惠美，父母甚怜爱之。一夜有丈夫入室，狎逼为欢。欲号则舌已入口，昏不知人，听其所为而去。羞以告人，惟多集婢媪，严肩门户而尺。夜既寝，更不知扉何自而开，入室则群众皆迷，婢媪遍淫之。于是相告各骇，以告翁；翁戒家人操兵环绣闼，室中人烛而坐。约近夜半，内外人一时都瞑，忽若梦醒，见女白身卧，状类痴，良久始寤。翁甚恨之，而无如何。积数月女柴瘠颇殆，每语人：『有能驱遣者，谢金三百。』申平时亦悉闻之。是夜得龟，因悟祟翁女者，必是物也。遂叩门求赏。翁喜，筵之上座，使人舁龟于庭脔割之。留申过夜，其怪果绝，乃如数赠之。

负金而归。妻以其隔夜不还，方且忧盼；见申入，急问之。申不言，以金置榻上。妻开视，几骇绝，曰：『子真为盗耶！』申曰：『汝逼我为此，又作是言！』妻泣曰：『前特以相戏耳。今犯断头之罪，我不能

为贼人累也。请先死！』乃奔。申逐出，笑曳而返之，具以实告，妻乃喜。自此谋生产，称素封焉。

异史氏曰：『人不患贫，患无行耳。其行端者，虽饿不死；不为人怜，亦有鬼祐也。世之贫者，利所在忘义，食所在忘耻，人且不敢以一文相托，而何以见谅于鬼神乎！』

邑有贫民某乙，残腊向尽，身无完衣。自念何以卒岁？不敢与妻言，暗操白梃，出伏墓中，冀有孤身而过者，劫其所有。悬望甚苦，渺无人迹；而松风刺骨，不可复耐。意濒绝矣，忽见一人伛偻来。心窃喜，持梃遽出。则一叟负囊道左，哀曰：『一身实无长物。家绝食，适于婿家乞得五升米耳。』乙夺米，复欲褫其絮袄，叟苦哀求，乙怜其老，释之，负米而归。妻诘其自，诡以『赌债』对。阴念此策良佳，次夜复往。居无几时，见一人荷梃来，亦投墓中，蹲居眺望，意似同道。乙乃逡巡自冢后出。其人惊问：『谁何？』答云：『行道者。』问：『何不行？』曰：『待君耳。』其人失笑。各以意会，并道饥寒之苦。夜既深，无所猎获。乙欲归，其人曰：『子虽作此道，然犹雏也。前村有嫁女者，营办中夜，举家必殆。从我去，得当均之。』乙喜从之。至一门，隔壁闻炊饼声，知未寝，伏伺之。无何，一人启关荷杖出行汲，二人乘间掩入。见灯辉北舍，他屋皆暗黑。闻一媪曰：『大姐，可向东舍一瞩，汝奁妆悉在椟中，忘扃鐍未也[4]。』闻少女作娇惰声。二人窃喜，潜趋东舍，暗中摸索得卧椟；启复探之，深不见底。其人谓乙曰：『入之！』乙果入，得一裹传递而出。其人问：『尽矣乎？』曰：『尽矣。』又给之曰：『再索之。』乃闭椟，加锁而去。乙在其中，窘急无计。未几灯火亮入，先照椟。闻媪云：『谁已扃矣。』于是母及女上榻息烛。乙急甚，乃作鼠啮物声。女曰：『椟中有鼠！』媪曰：『勿坏尔衣。我疲顿已极，汝宜自觇之。』女振衣起，发扃启椟。乙突出，女惊仆。乙拔关奔去，虽无所得，而窃幸获免。

嫁女家被盗，四方流播。或议乙。乙惧，东遁百里，为逆旅主人赁作佣。年余浮言稍息，始取妻同居，不业白梃矣。此其自述，因类申氏，故附志之。

注释

①窭贫：贫穷。

②稀酏：稀粥。

③绝裾：拉断衣袖，以示决绝。绝，断。裾，衣袖。

④扃鐍：指关锁。扃，关闭。鐍，锁匙。

珊瑚

安生大成，重庆人。父孝廉，早卒。弟二成，幼。生娶陈氏，小字珊瑚，性娴淑。而生母沈，悍不仁，遇之虐，珊瑚无怨色。每早旦靓妆往朝。值生疾，母谓其诲淫，诟责之。珊瑚退，毁妆以进。母益怒，投颡自挝。生素孝，鞭妇，母少解。自此益憎妇。妇虽奉事维谨，终不与一语。生知母怒，亦寄宿他所，示与妇绝。久之母终不快，触物类而骂之，意总在珊瑚。生曰：『娶妻以奉姑嫜，今若此，何以妻为！』遂出珊瑚，使老妪送归母家。

方出里门，珊瑚泣曰：『为女子不能作妇，归何以见双亲？不如死！』袖中出剪刀刺喉。急救之，血溢沾襟。扶归生族婶家。婶王氏，寡居无偶，遂止焉。媪归，生嘱隐其情，而心窃恐

母知。过数日探知珊瑚创渐平，登王氏门，使勿留珊瑚。王召生入；不入，但盛气逐珊瑚。王乃率珊瑚出见生，问：『珊瑚何罪？』生责其不能事母。珊瑚默默不作一语，惟俯首呜泣，泪皆赤，素衫尽染；生惨恻不能尽词而退。又数日母已闻之，怒诣王，恶言诮让。王傲不相下，反述其恶且曰：『妇已出，尚属安家何人？我自留陈氏女，非留安氏妇也，何烦强与他家事！』母怒甚而穷于词，又见王意气汹汹，惭沮大哭而返。

珊瑚意不自安，思他适。先是生有母姨于媪，即沈姊也。年六十余，子死，止一幼孙及寡媳；又尝善视珊瑚。遂辞王，往投媪。媪诘得故，极道妹子昏暴，即欲送之还。珊瑚力言其不可，兼嘱勿言，乃与于媪居，如姑妇焉。珊瑚有两兄，闻而怜之，欲移归另嫁。珊瑚执不肯，惟从于媪纺绩以自度。

生自出妇，母多方为生谋婚，而悍声流播，远近无与为偶。积三四年，二成渐长，遂先为毕姻。二成妻臧姑，骄悍戾沓，尤倍于母。母或怒以色，则臧姑怒以声。二成又懦，不敢为左右袒。于是母威顿减，莫敢撄，反望色笑而承迎之，犹不能得臧姑欢。臧姑役母若婢；生不敢言，惟身代母操作，涤器洒扫之事皆与焉。母子恒于无人处，相对饮泣。无何，母以郁抑成病，委顿在床，便溺转侧皆须生；生昼夜不得寐，两目尽赤。呼弟代役，甫入门，臧姑辄唤去。

生于是奔告于媪，冀媪临存。入门泣且诉；诉未毕，珊瑚自帏中出。生大惭，禁声欲出。珊瑚以两手叉扉。生窘极，自肘下冲出而归，亦不敢以告母。无何于媪至，母喜止之。从此媪家无日不有人来，来必以甘旨饷媪。媪寄语寡媳：『此处不饿，后无复尔。』而家中馈遗卒无少间。媪不肯少尝食，缄留以待病者。母病亦渐瘥。媪幼孙又以母命将佳饵来问病。沈叹曰：『贤哉妇乎！姊何修者！』媪曰：『妹以去妇何如人？』曰：『嘻！诚不至夫臧氏之甚也！然乌如甥妇贤。』媪曰：『妇在，汝不知劳；汝怒，妇不知怨，恶乎弗如？』沈乃泣下，且告之悔，曰：『珊瑚嫁也未？』答云：『不知，请访之。』又数日病愈，媪欲别。沈泣曰：『恐姊去，我仍死耳！』媪乃与生谋，析二成居。二成告臧姑。臧姑不乐，语侵兄，兼及媪。生愿以良田悉归二成，臧姑乃喜。立析产书已，媪始去。

明日以车来迎沈。沈至其家，先求见甥妇，亟道甥妇德。媪曰：『小女子百善，何遂无一疵？余固能容之。子即有妇如吾妇，恐亦不能享也。』沈曰：『冤战！谓我木石鹿豕耶！具有口鼻，岂有触香臭而不知者？』媪曰：『被出如珊瑚，不知念子作何语？』曰：『骂之耳。』媪曰：『诚反躬无可骂，亦恶乎而骂之？』曰：『瑕疵人所时有，惟其不能贤，是以知其骂也。』媪曰：『当怨者不怨，则德焉者可知；当去者不去，则抚焉者可知。向之所馈遗而奉事者，固非予妇也，尔妇也。』沈惊曰：『如何？』曰：『珊瑚寄此久矣。向之所供，皆渠夜绩之所贻也。』沈闻之，泣数行下，曰：『我何以见我妇矣！』媪乃呼珊瑚。珊瑚含涕而出，伏地下。母惭痛自挞，媪力劝始止，遂为姑媳如初。

十余日偕归，家中薄田数亩，不足自给，惟恃生以笔耕，妇以针黹。二成称饶，然兄不之求，弟亦不之顾也。臧姑以嫂之出也鄙之；嫂亦恶其悍置不齿。兄弟各院居。臧姑时有凌虐，一家尽掩其耳。臧姑无所用虐，虐夫及婢。婢一日自经死。婢父讼臧姑，二成代妇质理，大受扑责，仍坐拘臧姑。生上下为之营脱，卒不免。臧姑械十指肉尽脱。官贪暴，索望良奢。二成质田贷资，如数纳入，姑释归。而债家责负日亟，不得已，悉以良田鬻于村中任翁。翁以田半属大成所让，要生署券。生往，翁忽自言：『我安孝廉也。任某何人，敢市吾业！』又顾生曰：『冥中感汝夫妻孝，故使我暂归一面。』生出涕曰：

『父有灵，急救吾弟！』曰：『逆子悍妇不足惜也！归家速办金，赎吾血产。』生曰：『母子仅自存活，安得多金？』曰：『紫薇树下有藏金，可以取用。』欲再问之，翁已不语；少时而醒，茫不自知。

生归告母，亦未深信。臧姑已率人往发窖，坎地四五尺，止见砖石，并无金，失意而去。生闻其掘藏，戒母及妻勿往视。后知其无所获，母窃往窥之，见砖石杂土中，遂返。珊瑚继至，则见土内悉白镪；呼生往验之，果然。生以先人所遗，不忍私，召二成均分之。数适得揭取之二，各囊归。二成与臧姑共验之，启囊则瓦砾满中，大骇。疑二成为兄所愚，使二成往窥兄，兄方陈金几上，与母相庆。因实告兄，兄亦骇，而心甚怜之，举金而并赐之。二成乃喜，往酬债讫，甚德兄。臧姑曰：『即此益知兄诈。若非自愧于心，谁肯以瓜分者复让人乎？』二成疑信半之。次日债主遣仆来，言所偿皆伪金，将执以首官。夫妻皆失色。臧姑曰：『何如！我固谓兄贤不至于此，是将以杀汝也！』二成惧，往哀债主，主怒不释。二成乃券田于主，听其自售，始得原金而归。细视之，见断金二锭，仅裹真金一韭叶许，中尽铜耳。臧姑因与二成谋：留其断者，余仍反诸兄以觇之。且教之言曰：『屡承让德，实所不忍。薄留二锭，以见推施之义。所存物产，尚与兄等。余无庸多田也，业已弃之，赎否在兄。』生不知其意，固让之。二成辞甚决，生乃受。称之少五两，命珊瑚质奁妆以满其数，携付债主。主疑似旧金，以剪刀夹验之，纹色俱足，无少差谬，遂收金，与生易券。

二成还金后，意其必有参差；既闻旧业已赎，大奇之。臧姑疑发掘时，兄先隐其真金，忿诣兄所，责数诟厉。生乃悟反金之故。珊瑚逆而笑曰：『产固在耳，何怒为？』使生出券付之。二成一夜梦父责之曰：『汝不孝不弟，冥限已迫，寸土皆非己有，占赖将以奚为！』醒告臧姑，欲以田归兄。臧姑嗤其愚。是时二成有两男，长七岁，次三岁。未几长男病痘死。臧姑始惧，使二成退券于兄，生不受。无何次男又死。臧姑益惧，自以券置嫂所。春将尽，田芜秽不耕，生不得已种治之。

臧姑自此改行，定省如孝子，敬嫂亦至。半年母病卒。臧姑哭之恸，勺水不入口。向人曰：『姑早死，使我不得事，是天不许我自赎也！』育十胎皆不存，遂以兄子为子。夫妻皆寿终。生养二子皆举进士。人以为孝友之报云。

异史氏曰：不遭跋扈之恶，不知靖献之忠，家与国有同情哉。逆妇化而母死，盖一堂孝顺，无德以戡之也。臧姑自克，谓天不许其自赎，非悟道者何能为此言乎？然应迫死，而以寿终，天固已恕之矣。生于忧患，有以矣夫！

恒娘

都中①洪大业，妻朱氏，姿致颇佳，两相爱悦。后洪纳婢宝带为妾，貌远逊朱，而洪嬖之。朱不平，遂致反目。洪虽不敢公然宿妾所，然益嬖妾，疏朱。

后徙居，与帛商狄姓为邻。狄妻恒娘，先过院谒朱。恒娘三十许，姿仅中人，言词轻倩②。朱悦之。次日答拜，见其室亦有小妾，年二十许，甚娟好。邻居几半年，并不闻其诟谇一语；而狄独钟爱恒娘，副室则虚位而已。朱一日问恒娘曰：『予向谓良人之爱妾，为其为妾也，每欲易妻之名呼作妾。今乃知不然。夫人何术？如可授，愿北面为弟子。』恒娘曰：『嘻！子则自疏，而尤③男子乎？朝夕而絮聒之，是为丛驱雀④，其离滋甚耳！其归益纵之，即男子自来，勿纳也。一月后当再为子谋之。』朱从其谋，益饰宝带，使从丈夫寝。洪一饮食，亦使宝带共之。洪时以周旋朱，朱拒之益力，于是共称朱氏贤。

如是月余朱往见恒娘，恒娘喜曰：『得之矣！子归毁若妆，勿华服，勿脂泽，垢面敝履，杂家人操作。一月后可复来。』朱从之。衣敝补衣，故为不洁清，而纺绩外无他问。洪怜之，使宝带分其劳；朱不受，辄叱去之。

如是者一月，又往见恒娘。恒娘曰：『孺子真可教也！后日为上巳节，欲招子踏春园。子当尽去敝衣，袍裤袜履，崭然一新，早过我。』朱曰：『诺。』至日，揽镜细匀铅黄，一如恒娘教。妆竟，过恒娘，恒娘喜曰：『可矣！』又代挽凤髻，光可鉴影。袍袖不合时制，拆其线更作之；谓其履样拙，更于笥中出业履，共成之，讫，即令易着。临别饮以酒，嘱曰：『归去一见男子，即早闭户寝，渠来叩关勿听也。三度呼可一度纳。口索舌，手索足，皆吝之。半月后当复来。』朱归，炫妆见洪，洪上下凝睇之，欢笑异于平时。朱少话游览，便支颐作情态；日未昏，即起入房，阖扉眠矣。未几洪果来款关，朱坚卧不起，洪始去。次夕复然。明日洪让之，朱曰：『独眠习惯，不堪复扰。』日既西，洪入闺坐守之。灭烛登床，如调新妇，绸缪甚欢。更为次夜之约；朱不可长，与洪约以三日为率。

半月许复诣恒娘，恒娘阖门与语曰：『从此可以擅专房矣。然子虽美，不媚也。子之姿，一媚可夺西施[5]之宠，况下者乎！』于是试使睨，曰：『非也！病在外眦。』试使笑，又曰：『非也！病在左颐。』乃以秋波送娇，又冁然瓠犀微露，使朱效之。凡数十作，始略得其仿佛。恒娘曰：『子归矣，揽镜而娴习之，术无余矣。至于床第之间，随机而动之，因所好而投之，此非可以言传者也。』

朱归，一如恒娘教。洪大悦，形神俱惑，惟恐见拒。日将暮，则相对调笑，跬步不离闺闼，日以

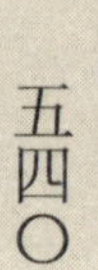

为常，竟不能推之使去。朱益善遇宝带，每房中之宴，辄呼与共榻坐；而洪视宝带益丑，不终席，遣去之。朱赚夫入宝带房，扃闭之，洪终夜无所沾染。于是宝带恨洪，对人辄怨谤。洪益厌怒之，渐施鞭楚。宝带忿，不自修，拖敝垢履，头类蓬葆，更不复可言人矣。

恒娘一日谓朱曰：『我之术何如？』朱曰：『道则至妙；然弟子能由之，而终不能知之也。纵之，何也？』曰：『子不闻乎：人情厌故而喜新，重难而轻易？丈夫之爱妾，非必其美也，甘其所乍获，而幸其所难遘也。纵而饱之，则珍错亦厌，况藜羹乎！』『毁之而复炫之，何也？』曰：『置不留目，则似久别；忽睹艳妆，则如新至，譬贫人骤得粱肉，则视脱粟[6]非味矣。而又不易与之，则彼故而我新，彼易而我难，此即子易妻为妾之法也。』朱大悦，遂为闺中密友。

积数年，忽谓朱曰：『我两人情若一体，自当不昧生平。向欲言而恐疑之也；行相别，敢以实告：妾乃狐也。幼遭继母之变，鬻妾都中。良人遇我厚，故不忍遽绝，恋恋以至于今。朋日老父尸解，妾往省觐，不复还矣。』朱把手唏嘘。早旦往视，则举家惶骇，恒娘已杳。

异史氏曰：买珠者不贵珠而贵椟：新旧易难之情，千古不能破其惑；而变憎为爱之术，遂得以行乎其间矣。古佞臣事君，勿令人见，勿使窥书。乃知容身固宠，皆有心传也。

注释

①都中：指京城，此处指北京。

②言词轻倩：谓能说会道。倩，美好的姿态。《诗·卫风·硕人》：『巧笑倩兮，美目盼兮。』

③尤：怪罪，责怪。

④从驱雀：喻指行为不当，使得事情的结果与愿望相反。《孟子·离娄》：『故为渊驱鱼者，獭也；为丛驱雀者，鹯也；为汤武驱民者，桀与纣也。』此处指妻子的粗暴反而使丈夫更加宠爱小妾。

⑤西施：越国美女，为中国古代四大美女之一。

⑥脱粟：糙米饭。

葛巾

常大用，洛人，癖好牡丹。闻曹州①牡丹甲齐、鲁，心向往之。适以他事如曹，因假缙绅之园居焉。时方二月，牡丹未华，惟徘徊园中，目注勾萌，以望其拆。作『怀牡丹』诗百绝。未几花渐含苞，而资斧将匮；寻典春衣，流连忘返。一日凌晨趋花所，则一女郎及老妪在焉。疑是贵家宅眷，遂遄返。暮往又见之，从容避去；微窥之，宫妆艳绝。眩迷之中，忽转一想：此必仙人，世上岂有此女子乎！急返身而搜之，骤过假山，适与媪遇。女郎方坐石上，相顾失惊。妪以身幛女，叱曰：『狂生何为！』生长跪曰：『娘子必是仙人！』妪咄之曰：『如此妄言，自当絷送令尹！』生大惧，女郎微笑曰：『去之！』过山而去。

生返，复不能徒步。意女郎归告父兄，必有诟辱相加。偃卧空斋，甚悔孟浪。窃幸女郎无怒容，或当不复置念。悔惧交集，终夜而病。日已向辰，喜无向罪之师，心渐宁帖。回忆声容，转惧为想。如是三日，憔悴欲死。秉烛夜分，仆已熟眠。妪入，持瓯而进曰：『吾家葛巾娘子，手合鸩汤，其速饮！』生骇然曰：『仆与娘子，夙无怨嫌，何至赐死？既为娘子手调，与其相思而病，不如仰药而死！』

遂引而尽之。妪笑接瓯而去。生觉药气香冷，似非毒者。俄觉肺膈宽舒，头颅清爽，酣然睡去。既醒红日满窗。试起，病若失，心益信其为仙。无可夤缘，但于无人时，虔拜而默祷之。

一日行去，忽于深树内觌面遇女郎，幸无他人，大喜投地②。女郎近曳之，忽闻异香竟体，即以手握玉腕而起，指肤软腻，使人骨节欲酥。正欲有言，老妪忽至。女令隐身石后，南指曰：『夜以花梯度墙，四面红窗者即妾居也。』匆匆而去。生怅然，魂魄飞散，莫知所往。至夜移梯登南垣，则垣下已有梯在，喜而下，果有红窗。室中闻敲棋声，伫立不敢复前，姑逾垣归。少间再过之，子声犹繁；渐近窥之，则女郎与一素衣美人相对弈，老妪亦在坐，一婢侍焉。又返。凡三往复，漏已三催。生伏梯上，闻妪出云：『梯也，谁置此？』呼婢共移去之。生登垣，欲下无阶，恨悒而返。

次夕复往，梯先设矣。幸寂无人，入，则女郎兀坐若有思者，见生惊起，斜立含羞。生揖曰：『自分福薄，恐于天人无分，亦有今夕也！』遂狎抱之。纤腰盈掬，吹气如兰，撑拒曰：『何遽尔！』生曰：『好事多磨，迟为鬼妒。』言未已，遥闻人语。女急曰：『玉版妹子来矣！君可姑伏床下。』生从之。无何，一女子入，笑曰：『败军之将，尚可复言战否？业已烹茗，敢邀为长夜之欢。』女郎辞以困惰，玉版固请之，女郎坚坐不行。玉版曰：『如此恋恋，岂藏有男子在室耶？』强拉出门而去。生出恨极，遂搜枕簟。室内并无香奁，惟床头有一水精如意，上结紫巾，芳洁可爱。怀之，越垣归。自理衿袖，体香犹凝，倾慕益切。然因伏床之恐，遂有怀刑之惧，筹思不敢复往，但珍藏如意③，以冀其寻。

隔夕女郎果至，笑曰：『妾向以君为君子，不知其为寇盗也。』生曰：『有之。所以偶不君子者，第望其如意耳。』乃揽体入怀，代解裙结。玉肌乍露，热香四流，偎抱之间，觉鼻息汗熏，无气不馥。

因曰：『仆固意卿为仙人，今益知不妄。幸蒙垂盼，缘在三生。但恐杜兰香之下嫁，终成离恨耳。』女笑曰：『君虑亦过。妾不过离魂之倩女，偶为情动耳。此事宜要慎秘，恐是非之口捏造黑白，君不能生翼，妾不能乘风，则祸离更惨于好别矣。』生然之，而终疑为仙，固诘姓氏，女曰：『既以妾为仙，仙人何必以姓名传。』问：『妪何人？』曰：『此桑姥。妾少时受其露覆，故不与婢辈等。』遂起欲去，曰：『妾处耳目多，不可久羁，蹈隙④当复来。』临别，索如意，曰：『此非妾物，乃玉版所遗。』问：『玉版为谁？』曰：『妾叔妹也。』付钩乃去。

去后，衾枕皆染异香。从此三两夜辄一至。生惑之不复思归，而囊橐既空欲货马，女知之，曰：『君以妾故，泻囊质衣，情所不忍。又去代步，千余里将何以归？妾有私蓄，卿可助装。』生辞曰：『感卿情好，抚臆誓肌，不足论报；而又贪鄙以耗卿财，何以为人乎！』女固强之，曰：『姑假君。』遂捉生臂至一桑树下，指一石曰：『转之！』生从之。又拔头上簪，刺土数十下，又曰：『爬之。』生又从之。则瓮口已见。女探入，出白镪近五十余两，生把臂止之，不听，又出数十铤，生强分其半而后掩之。

一夕谓生曰：『近日微有浮言，势不可长，此不可不预谋也。』生惊曰：『且为奈何！小生素迂谨，今为卿故，如寡妇之失守，不复能自主矣。一惟卿命，刀锯斧钺，亦所不遑顾耳！』女谋偕亡，命生先归，约会于洛。生治任旋里，拟先归而后迎之；比至，则女郎车适已至门。登堂朝家人，四邻惊贺，而并不知其窃而逃也。生窃自危，女殊坦然，谓生曰：『无论千里外非逻察所及，即或知之，妾世家女，卓王孙当无如长卿何也。』

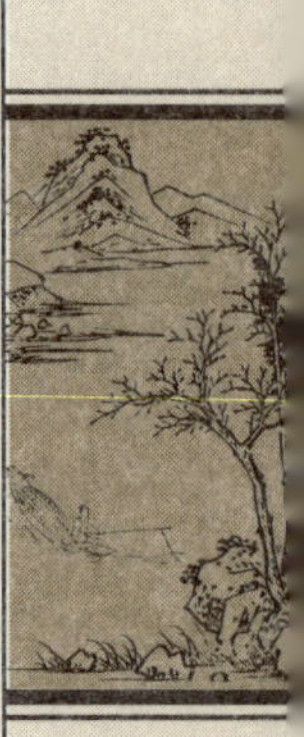

生弟大器，年十七，女顾之曰：『是有慧根[5]，前程尤胜于君。』完婚有期，妻忽夭殒。女曰：『妾妹玉版，君固尝窥见之，貌颇不恶，年亦相若，作夫妇可称佳偶。』生请作伐，女曰：『是亦何难。』生曰：『何术？』曰：『妹与妾最相善。两马驾轻车，费一妪之往返耳。』生恐前情发，不敢从其谋，女曰：『不妨。』即命桑妪遣车去。数日至曹。将近里门，婢下车，使御者止而候于途，乘夜入里。良久偕女子来，登车遂发。昏暮即宿车中，五更复行。女郎计其时日，使大器盛服而迎之。五十里许乃相遇，御轮而归；鼓吹花烛，起拜成礼。由此兄弟皆得美妇，而家又日富。

一日有大寇数十骑突入第。生知有变，举家登楼。寇入围楼。生俯问：『有仇否？』答云：『无仇。但有两事相求：一则闻两夫人世间所无，请赐一见；一则五十八人，各乞金五百。』聚薪楼下，为纵火计以胁之。生允其索金之请，寇不满志，欲焚楼，家人大恐。女欲与玉版下楼，止之不听。炫妆下阶，未尽者三级，谓寇曰：『我姊妹皆仙媛，暂时一履尘世，何畏寇盗！欲赐汝万金，恐汝不敢受也。』寇众一齐仰拜，喏声『不敢』。姊妹欲退，一寇曰：『此诈也！』女闻之，反身伫立，曰：『意欲何作，便早图之！尚未晚也。』诸寇相顾，默无一言。姊妹从容上楼而去。寇仰望无迹，哄然始散。

后二年，姊妹各举一子，始渐自言：『魏姓，母封曹国夫人。』生疑曹无魏姓世家，又且大姓失女，何得置之不问？未敢穷诘，心窃怪之。遂托故复诣曹，入境谘访，世族并无魏姓。于是仍假馆旧主人，忽见壁上有赠曹国夫人诗，颇涉骇异，因诘主人。主人笑，即请往观曹夫人，至则牡丹一本，高与檐等。问所由名，则以其花为曹第一，故同人戏封之。问其『何种』？曰：『葛巾紫[6]也。』愈骇，遂疑女为花妖。既归不敢质言，但述赠夫人诗以觇之。女蹙然变色，遽出呼玉版[7]抱儿至，谓生曰：『三年前感君见思，遂呈身相报；今见猜疑，何可复聚！』因与玉版皆举儿遥掷之，儿堕地并没。生方惊顾，则二女俱渺矣。悔恨不已。后数日，堕儿处生牡丹二株，一夜径尺，当年而花，一紫一白，朵大如盘，较寻常之葛巾、玉版，瓣尤繁碎。数年茂荫成丛，移分他所，更变异种，莫能识其名。自此牡丹之盛，洛下无双焉。

异史氏曰：怀之专一，鬼神可通，偏反者⑧亦不可谓无情也。少府寂寞，以花当夫人；况真能解语，何必力穷其原哉？惜常生之未达也！

注释

①曹州：清代曹州府。治所在今山东省菏泽。

②投地：伏地，指行大礼。

③如意：器物名。一端作灵芝或云朵形，柄微曲，为供玩赏的吉祥器物。

④蹈隙：乘机，借机。

⑤慧根：佛家用语，指达成功德的根性。

⑥葛巾紫：牡丹品种名。

⑦玉版：牡丹品种名。

⑧偏反者：指花，此处暗指葛巾。《论语·子罕》：『唐棣之华，偏其反而。岂不尔思？室是远而。』

黄英

马子才，顺天人。世好菊，至才尤甚，闻有佳种必购之，千里不惮。一日有金陵客寓其家，自言其中表亲有一二种，为北方所无。马欣动，即刻治装，从客至金陵。客多方为之营求，得两芽，裹藏如宝。归至中途，遇一少年，跨蹇从油碧车，丰姿洒落。渐近与语，少年自言：『陶姓。』谈言骚雅。因问马所自来，实告之。少年曰：『种无不佳，培溉在人。』因与论艺菊之法。马大悦，问：『将何往？』答云：『姊厌金陵，欲卜居于河朔耳。』马欣然曰：『仆虽固贫，茅庐可以寄榻。不嫌荒陋，无烦他适。』陶趋车前向姊咨禀[1]，车中人推帘语，乃二十许绝世美人也。顾弟言：『屋不厌卑，而院宜得广。』马代诺之，遂与俱归。第南有荒圃，仅小室三四椽，陶喜居之。日过北院为马治菊，菊已枯，拔根再植之，无不活。然家清贫，陶日与马共饮食，而察其家似不举火。马妻吕，亦爱陶姊，不时以升斗馈恤之。陶姊小字[2]黄英，雅善谈，辄过吕所，与共纫绩。陶一日谓马曰：『君家固不丰，仆日以口腹累知交，胡可为常！为今计，卖菊亦足谋生。』马素介，闻陶言，甚鄙之，曰：『仆以君风流雅士，当能安贫；今作是论，则以东篱为市井，有辱黄花矣。』陶笑曰：『自食其力不为贪，贩花为业不为俗。人固不可苟求富，然亦不必务求贫也。』马不语，陶起而出。自是马所弃残枝劣种，陶悉掇拾而去。由此不复就马寝食，招之始一至。未几菊将开，闻其门嚣喧如市。怪之，过而窥焉，见市人买花者，车载肩负，道相属也。其花皆异种，目所未睹。心厌其贪，欲与绝；而又恨其私秘佳种，遂款其扉，将就诮让。陶出，握手曳入。见荒庭半亩皆菊畦，数椽之外无旷土。劚去者，则折别枝插补之；其蓓蕾在

畦者，罔不佳妙，而细认之，尽皆向所拔弃也。陶入室，出酒馔，设席畦侧，曰：『仆贫不能守清戒，连朝幸得微资，颇足供醉。』少间，房中呼『三郎』，陶诺而去。俄献佳肴，烹饪良精。因问：『贵姊胡以不字？』答云：『时未至。』问：『何时？』曰：『四十三月。』又诘：『何说？』但笑不言，尽欢始散。过宿又诣之，新插者已盈尺矣。大奇之，苦求其术，陶曰：『此固非可言传；且君不以谋生，焉用此？』又数日，门庭略寂，陶乃以蒲席包菊，捆载数车而去。逾岁，春将半，始载南中异卉而归，于都中设花肆，十日尽售，复归艺菊。问之去年买花者，留其根，次年尽变而劣，乃复购于陶。

陶由此日富。一年增舍，二年起夏屋。兴作从心，更不谋诸主人。渐而旧日花畦，尽为廊舍。更于墙外买田一区，筑墉[3]四周，悉种菊。至秋载花去，春尽不归。而马妻病卒。意属黄英，微使人风示之。黄英微笑，意似允许，惟专候陶归而已。年余陶竟不至。黄英课仆[4]种菊，一如陶。得金益合商贾，村外治膏田二十顷，甲第益壮。忽有客自东粤来，寄陶生函信，发之，则嘱姊归马。考其寄书之日，回忆园中之饮，适四十三月也，大奇之。以书示英，请问『致聘何所』。英辞不受采。又以故居陋，欲使就南第居，若赘焉。马不可，择日行亲迎礼。黄英既适马，于间壁开扉通南第，日过课其仆。马耻以妻富，恒嘱黄英作南北籍，以防淆乱。而家所需，黄英辄取诸南第。不半岁，家中触类皆陶家物。马立遣人一一赍还之，戒勿复取。未浃旬又杂之。凡数更，马不胜烦。黄英笑曰：『陈仲子毋乃劳乎？[5]』马惭，不复稽，一切听诸黄英。鸠工庀料[6]，土木大作，马不能禁。经数月，楼舍连亘，两第竟合为一，不分疆界矣。然遵马教，闭门不复业菊，而享用过于世家。马不自安，曰：『仆三十年清德，为卿所累。今视息人间，徒依裙带而食，真无一毫丈夫气矣。人皆祝富，我但祝穷

耳！』黄英曰：『妾非贪鄙；但不少致丰盈，遂令千载下人，谓渊明贫贱骨，百世不能发迹，故聊为我家彭泽解嘲耳。然贫者愿富为难，富者求贫固亦甚易。床头金任君挥去之，妾不靳也。』马曰：『捐他人之金，抑亦良丑。』英曰：『君不愿富，妾亦不能贫也。无已，析君居：清者自清，浊者自浊，何害？』乃于园中筑茅茨，择美婢往侍马。马安之。然过数日，苦念黄英。招之不肯至，不得已反就之。隔宿辄至以为常。黄英笑曰：『东食西宿[7]，廉者当不如是。』马亦自笑无以对，遂复合居如初。

会马以事客金陵，适逢菊秋。早过花肆，见肆中盆列甚繁，款朵佳胜，心动，疑类陶制。少间主人出，果陶也。喜极，具道契阔，遂止宿焉。要之归，陶曰：『金陵吾故土，将婚于是。积有薄资，烦寄吾姊。我岁杪当暂去。』马不听，请之益苦。且曰：『家幸充盈，但可坐享，无须复贾。』坐肆中，使仆代论价，廉其直，数日尽售。逼促囊装，赁舟遂北，入门，则姊已除舍，床榻裀褥皆设，若预知弟也归者。陶自归，解装课役，大修亭园，惟日与马共棋酒，更不复结一客。为之择婚，辞不愿。姊遣二婢侍其寝处，居三四年，生一女。陶饮素豪，从不见其沉醉。有友人曾生，量亦无对。适过马，马使与陶相较饮。二人纵饮甚欢，相得恨晚。自辰以迄四漏，计各尽百壶。曾烂醉如泥，沉睡座间。陶起归寝，出门践菊畦，玉山倾倒，委衣于侧，即地化为菊，高如人；花十余朵，皆大如拳。马骇绝，告黄英。英急往，拔置地上，曰：『胡醉至此！』覆以衣，要马俱去，戒勿视。既明而往，则陶卧畦边。马乃悟姊弟皆菊精也，益敬爱之。而陶自露迹，饮益放，恒自折柬招曾，因与莫逆。值花朝[8]，曾乃造访，以两仆舁药浸白酒一坛，约与共尽。坛将竭，二人犹未甚醉。马潜以一瓶续入之，二人又尽之。曾醉已惫，诸仆负之以去。陶卧地，又化为菊。马见惯不惊，如法拔之，守其旁以观其变。久之，叶益憔悴。大惧，始告黄英。英闻骇曰：『杀吾弟矣！』奔视之，根株已枯。痛绝，掐其梗，埋盆中，携入闺中，日灌溉之。马悔恨欲绝，甚怨曾。越数日，闻曾已醉死矣。盆中花渐萌，九月既开，短干粉朵，嗅之有酒香，名之『醉陶』，浇以酒则茂。后女长成，嫁于世家。黄英终老，亦无他异。

异史氏曰：青山白云人，遂以醉死⑨，世尽惜之，而未必不自以为快也。植此种于庭中，如见良友，如见丽人，不可不物色之也。

注释

①咨禀：商量。

②小字：小名，乳名。

③墉：土墙。

④课仆：监督仆人。课，督促完成分配的工作。

⑤『陈仲子』句：此处调侃马子才过分地追求廉洁。陈仲子，战国齐人。《淮南子·氾论训》说他『立节抗行，不入洿君之朝，不食乱世之食，遂饿而死。』

⑥鸠工庀料：招集工匠，准备建筑材料。庀，准备，聚集。

⑦东食西宿：《风俗通》：『俗说齐人有女，二人求之。东家子丑而富，西家子好而贫，父母疑而不决，问其女，定所欲适。「难指斥言者，偏袒，令我知之。」女便两袒，怪问其故，云：「欲东家食，西家宿。」』原以此比喻人贪心不足。此处笑马生所谓的『清廉』。

⑧花朝：『花朝节』，汉族民间传统节日，相传此日为百花的生日，节期各地不一，一说为阴历二月

十五日，一说为二月十二日，一说为二月初二日。

⑨『青山白云人』二句：据《旧唐书·傅奕传》载，傅奕生平未曾请医服药，年事已高时常醉酒酣卧。一日，忽自言将死，写墓志曰：『傅奕，青山白云人也，因酒醉死。』此指大醉的陶生。

书痴

彭城①郎玉柱，其先世官至太守，居官廉，得俸不治生产，积书盈屋。至玉柱尤痴。家苦贫，无物不鬻，惟父藏书，一卷不忍置。父在时，曾书『劝学篇②』粘其座右，郎日讽诵；又幛以素纱，惟恐磨灭。非为干禄③，实信书中真有金粟。昼夜研读，无问寒暑。年二十余，不求婚配，冀卷中丽人自至。见宾亲不知温凉，三数语后，则诵声大作，客逡巡自去。每文宗临试，辄首拔之，而苦不得售。

一日方读，忽大风飘卷去。急逐之，踏地陷足；探之，穴有腐草；掘之，乃古人窖粟，朽败已成粪土。虽不可食，而益信『千锺』之说不妄，读益力。一日梯登高架，于乱卷中得金辇径尺，大喜，以为『金屋』之验。出以示人，则镀金而非真金。心窃怨古人之诳己也。居无何，有父同年，观察是道，性好佛。或劝郎献辇为佛龛。观察大悦，赠金三百、马二匹。郎喜，以为金屋、车马皆有验，因益刻苦。然行年已三十矣。或劝其娶，曰：『「书中自有颜如玉」，我何忧无美妻乎？』又读二三年，迄无效，人咸揶揄之。时民间讹言：天上织女私逃。或戏郎：『天孙④窃奔，盖为君也。』郎知其戏，置不辩。

一夕，读汉书至八卷，卷将半，见纱剪美人夹藏其中。骇曰：『书中颜如玉，其以此验之耶？』心怅然自失。而细视美人，眉目如生；背隐隐有细字云：『织女。』大异之。日置卷上，反复瞻玩，至

忘食寝。一日方注目间，美人忽折腰起，坐卷上微笑。郎惊绝，伏拜案下。既起，已盈尺矣。益骇，又叩之。下几亭亭，宛然绝代之姝。拜问：『何神？』美人笑曰：『妾颜氏，字如玉，君固相知已久。日垂青盼，脱⑤不一至，恐千载下无复有笃信古人者。』郎喜，遂与寝处。然枕席间亲爱倍至，而不知为人。

每读必使女坐其侧。女戒勿读，不听；女曰：『君所以不能腾达者，徒以读耳。试观春秋榜⑥上，读如君者几人？若不听，妾行去矣。』郎暂从之。少顷忘其教，吟诵复起。逾刻索女，不知所在。神志丧失，嘱而祷之，殊无影迹。忽忆女所隐处，取汉书细检之，直至旧处，果得之。呼之不动，伏以哀祝。女乃下曰：『君再不听，当相永绝！』因使治棋枰、樗蒲之具⑦，日与遨戏。而郎意殊不属。觑女不在，则窃卷流览。恐为女觉，阴取汉书第八卷，杂混他所以迷之。一日读酣，女至竟不之觉；忽睹之，急掩卷而女已亡矣。大惧，冥搜诸卷，渺不可得；既，仍于汉书八卷中得之，页数不爽。因再拜祝，矢不复读。

女乃下，与之弈，曰：『三日不工，当复去。』至三日，忽一局赢女二子。女乃喜，授以弦索，限五日工一曲。郎手营目注，无暇他及；久之随手应节，不觉鼓舞。女乃日与饮博，郎遂乐而忘读，女又纵之出门，使结客，由此倜傥之名暴著。女曰：『子可以出而试矣。』郎一夜谓女曰：『凡人男女同居则生子；今与卿居久，何不然也？』女笑曰：『君日读书，妾固谓无益。今即夫妇一章，尚未了悟，枕席二字有工夫。』郎惊问：『何工夫？』女笑不言。少间潜迎就之。郎乐极曰：『我不意夫妇之乐，有不可言传者。』于是逢人辄道，无有不掩口者。女知而责之，郎曰：『钻穴逾隙者始不可以告人，天伦[8]之乐人所皆有，何讳焉？』过八九月，女果举一男，买媪抚字[9]之。

一日，谓郎曰：『妾从君二年，业生子，可以别矣。久恐为君祸，悔之已晚。』郎闻言泣下，伏不起，曰：『卿不念呱呱者耶？』女亦凄然，良久曰：『必欲妾留，当举架上书尽散之。』郎曰：『此卿故乡，乃仆性命，何出此言！』女不之强，曰：『妾亦知其有数，不得不预告耳。』先是，亲族或窥见女，无不骇绝，而又未闻其缔姻何家，共诘之。郎不能作伪语，但默不言。人益疑，邮传几遍，闻于邑宰史公。史，闽人，少年进士。闻声倾动，窃欲一睹丽容，因而拘郎与女。女闻知遁匿无迹。宰怒，收郎，斥革衣衿，梏械备加，务得女所自往。郎垂死无一言。械其婢，略得道其仿佛。宰以为妖，命驾亲临其家。见书卷盈屋，多不胜搜，乃焚之庭中，烟结不散，瞑若阴霾。

郎既释，远求父门人书，得从辨复。是年秋捷，次年举进士。而衔恨切于骨髓。为颜如玉之位，朝夕而祝曰：『卿如有灵，当佑我官于闽。』后果以直指巡闽。居三月，访史恶款，籍其家。时有中表为司理，逼纳爱妾，托言买婢寄署中。案既结，郎即日自劾，取妾而归。

异史氏曰：天下之物，积则招妒，好则生魔，女之妖书之魔也。事近怪诞，治之未为不可；而祖龙之虐[10]不已惨乎！其存心之私，更宜得怨毒之报也。呜呼！何怪哉！

注释

①彭城：古县名，在今江苏省徐州市。

②劝学篇：指宋真宗赵恒所作的《劝学篇》：『富家不用买良田，书中自有千锺粟。安居不用架高堂，书中自有黄金屋。出门莫恨无人随，书中车马多如簇。娶妻莫恨无良媒，书中自有颜如玉。男儿欲遂

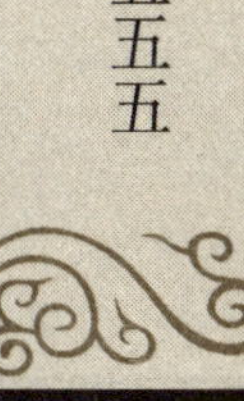

平生志，六经勤向窗前读。』

③干禄：求取禄位。干，求取。

④天孙：即织女星。

⑤脱：假如。

⑥春秋榜：春榜和秋榜，即会试、乡试中试所放之榜。

⑦樗蒲之具：泛指赌具。樗蒲，古代的一种博戏。

⑧天伦：指父子、兄弟、夫妇等亲属关系。此处指夫妻关系。

⑨抚字：抚育，抚养。字，养育。

⑩祖龙之虐：指秦始皇焚书坑儒的暴行。此处指邑宰纵火焚书之事。祖龙，秦人对秦始皇的代称。《史记·秦始皇本纪》集解：『苏林曰：沮，始也；龙，人君象。谓始皇也。』

齐天大圣

许盛，兖[①]人。从兄成贾于闽，货未居积。客言大圣灵著，将祷诸祠。盛未知大圣何神，与兄俱往。至则殿阁连蔓，穷极弘丽。入殿瞻仰，神猴首人身，盖齐天大圣孙悟空[②]云。诸客肃然起敬，无敢有惰容。盛素刚直，窃笑世俗之陋。众焚蔑叩祝，盛潜去之。既归，兄责其慢。盛曰：『孙悟空乃丘翁[③]之寓言，何遂诚信如此？如其有神，刀槊[④]雷霆，余自受之！』逆旅主人闻呼大圣名，皆摇手失色，若恐大圣闻。盛见其状，益哗辨之，听者皆掩耳而走。

至夜盛果病，头痛大作。或劝诣祠谢，盛不听。未几头小愈，股又痛，竟夜生巨疽，连足尽肿，寝食俱废。兄代祷迄无验；或言：神谴须自祝，盛卒不信。月余疮渐敛，而又一疽生，其痛倍苦。医来，以刀割腐肉，血溢盈碗；恐人神其词，故忍而不呻。又月余始就平复。而兄又大病。盛曰：『何如矣！敬神者亦复如是，足征余之疾非由悟空也。』兄闻其言，益恚，谓神迁怒，责弟不为代祷。盛曰：『兄弟犹手足。前日支体糜烂而不之祷；今岂以手足之病，而易吾守乎？』但为延医锉药⑤，而不从其祷。药下，兄暴毙。

盛惨痛结于心腹，买棺殓兄已，投祠指神而数之曰：『兄病，谓汝迁怒，使我不能自白。倘尔有神，当今死者复生。余即北面称弟子，不敢有异词；不然，当以汝处三清之法，还处汝身，亦以破吾兄地下之惑。』至夜梦一人招之去，入大圣祠，仰见大圣有怒色，责之曰：『因汝无状，以菩萨刀穿汝胫股；犹不自悔，啧有烦言⑥。本宜送拔舌狱⑦，念汝一念刚鲠，姑置宥赦。汝兄病，乃汝以庸医夭其寿数，与人何尤？今不少施法力，益令狂妄者引为口实。』乃命青衣使请命于阎罗。青衣曰：『三日后鬼籍已报天庭，恐难为力。』神取方版，命笔不知何词，使青衣执之而去。良久乃返。成与俱来，并跪堂上。神问：『何迟？』青衣曰：『阎魔不敢擅专，又持大圣旨上咨斗宿⑧，是以来迟。』盛趋上拜谢神恩。神曰：『可速与兄俱去。若能向善，当为汝福。』兄弟悲喜，相将俱归。醒而异之。急起，启材视之，兄果已苏，扶出，极感大圣力。盛由此诚服信奉，更倍于流俗。而兄弟资本，病中已耗其半；兄又未健，相对长愁。

一日偶游郊郭，忽一褐衣人相之曰：『子何忧也？』盛方苦无所诉，因而备述其遭。褐衣人曰：『有一佳境，暂往瞻瞩，亦足破闷。』问：『何所？』但云：『不远。』从之。出郭半里许，

褐衣人曰：『予有小术，顷刻可到。』因命以两手抱腰，略一点头，遂觉云生足下，腾踔而上，不知几百由旬[9]。盛大惧，闭目不敢少启。顷之曰：『至矣。』忽见琉璃世界，光明异色，讶问：『何处？』曰：『天宫也。』信步而行，上上益高。遥见一叟，喜曰：『适遇此老，子之福也！』举手相揖。叟邀过诣其所，烹茗献客；止两盏，殊不及盛。褐衣人曰：『此吾弟子，千里行贾，敬造仙署，求少赠馈。』叟命僮出白石一柈[10]，状类雀卵，莹澈如冰，使盛自取之。盛念携归可作酒枚，遂取其六。褐衣人以为过廉，代取六枚付盛并裹之。嘱纳腰橐，拱手曰：『足矣。』辞叟出，仍令附体而下，俄顷及地。盛稽首请示仙号，笑曰：『适即所谓斤斗云也。』盛恍然悟为大圣，又求祐护。曰：『适所会财星，赐利十二分，何须多求。』盛又拜之，起视已渺。

既归，喜而告兄。解取共视，则融入腰橐矣。后辇货而归，其利倍蓰。自此屡至闽必祷大圣。他人之祷时不甚验，盛所求无不应者。

异史氏曰：昔士人过寺，画琵琶于壁而去；比返，则其灵大著，香火相属焉。天下事固不必实有其人，人灵之则既灵焉矣。何以故？人心所聚，而物或托焉耳。若盛之方鲠，固宜得神明之祐，岂真耳内绣针，毫毛能变，足下筋斗，碧落可升哉！卒为邪惑，亦其见之不真也。

注释

①兖：明清府名，今山东省兖州市。

②齐天大圣孙悟空：神魔小说《西游记》中的人物。孙悟空在花果山自立为王，自封为『齐天大圣』。

③丘翁：指道教全真派创始人丘处机。丘处机，字通密，号长春子，登州栖霞（今山东栖霞县）人。

其弟子李志常将丘处机往返西域的经历写成《长春真人西游记》一书。

④槊：长矛。

⑤锉药：切药，制药。锉，铡碎。

⑥啧有烦言：意谓发生口角。《左传·定公四年》：『会同难：啧有烦言，莫之治也。』注：『啧，至也。烦言，忿争。』

⑦拔舌狱：佛教所说的地府十八层地狱之一。

⑧斗宿：天上二十八星宿之一。此处指南斗星和北斗星。古人认为，南斗注生，北斗注死。故阎王要请示南斗星和北斗星。

⑨由旬：古代印度长度计量单位，也作『俞旬』，为军行一日的路程，或言四十里，或言三十里，或言十六里。

⑩柈：盘、碟。酒枚：酒筹，饮酒计数之具。《左传·昭公十二年》：『枚筮之。』疏：『今人数物曰一枚、两枚。枚是筹之名也。』

青蛙神

江汉之间，俗事蛙神最虔。祠中蛙不知几百千万，有大如笼者。或犯神怒，家中辄有异兆；蛙游几榻，甚或攀缘滑壁，其状不一，此家当凶。人则大恐，斩牲禳祷[①]之，神喜则已。

楚有薛昆生者，幼惠，美姿容。六七岁时，有青衣媪至其家，自称神使，坐致神意，愿以女下嫁昆生。

薛翁性朴拙，雅不欲，辞以儿幼。虽固却之，而亦未敢议婚他姓。迟数年昆生渐长，委禽于姜氏。神告姜曰：『薛昆生吾婿也，何得近禁脔！』姜惧，反其仪。薛翁忧之，洁牲往祷，自言不敢与神相匹偶。祝已，见肴酒中皆有巨蛆浮出，蠢然扰动，倾弃谢罪而归。心益惧，亦姑听之。

一日，昆生在途，有使者迎宣神命，苦邀移趾。不得已，从与俱往。入一朱门，楼阁华好。有叟坐堂上，类七八十岁人。昆生伏谒，叟命曳起之，赐坐案旁。少间婢媪集视，纷纭满侧。叟顾曰：『人言薛郎至矣。』数婢奔去。移时一媪率女郎出，年十六七，丽绝无俦。叟指曰：『此小女十娘，自谓与君可称佳偶，君家尊乃以异类见拒。此自百年事，父母止主其半，是在君耳。』昆生目注十娘，心爱好之，默然不言。媪曰：『我固知郎意良佳。请先归，当即送十娘往也。』昆生曰：『诺。』趋归告翁。翁仓遽无所为计，乃授之词，使返谢之，昆生不肯行。方诮让间，舆已在门，青衣成群，而十娘入矣。上堂朝见翁姑，见之皆喜。即夕合卺，琴瑟甚谐。由此神翁神媪时降其家。视其衣，赤为喜，白为财，必见，以故家日兴。自婚于神，门堂藩溷②皆蛙，人无敢诟蹴之。惟昆生少年任性，喜则忌，怒则践毙，不甚爱惜。十娘虽谦驯，但含怒，颇不善昆生所为；而昆生不以十娘故敛抑之。十娘语侵昆生，昆生怒曰：

『岂以汝家翁媪能祸人耶？大丈夫何畏蛙也！』十娘甚讳言『蛙』，闻之恚甚，曰：『自妾入门为汝家妇，田增粟，贾增价，亦复不少。今老幼皆已温饱，遂于鸮鸟生翼③，欲啄母睛耶！』昆生益愤曰：『吾正嫌所增污秽，不堪贻子孙，请不如早别。』遂逐十娘，翁媪既闻之，十娘已去。呵昆生，使急往追复之。昆生盛气不屈。至夜母子俱病，郁冒不食。翁惧，负荆于祠，词义殷切。过三日病寻愈。十娘已自至，夫妻欢好如初。

十娘日辄凝妆坐，不操女红④，昆生衣履一委诸母。母一日忿曰：『儿既娶，仍累媪！人家妇事姑，我家姑事妇！』十娘适闻之，负气登堂曰：『儿妇朝侍食，暮问寝，事姑者，其道如何？所短者，不能吝佣钱自作苦耳。』母无言，惭沮自哭。昆生入见母涕痕，诘得故，怒责十娘。十娘执辨不屈。昆生曰：『娶妻不能承欢，不如勿有！便触老蛙怒，不过横灾死耳！』复出十娘。十娘亦怒，出门径去。次日居舍灾，延烧数屋，几案床榻，悉为煨烬。昆生怒，诣祠责数曰：『养女不能奉翁姑，略无庭训，而曲护其短！神者至公，有教人畏妇者耶！且盎盂相敲⑤，皆臣⑥所为，无所涉于父母。刀锯斧钺，即加臣身；如其不然，我亦焚汝居室，聊以相报。』言已，负薪殿下，爇火欲举。居人集而哀之，始愤而归。父母闻之，大惧失色。至夜神示梦于近村，使为婿家营宅。及明赍材鸠工，共为昆生建造，辞之不肯；日数百人相属于道，不数日第舍一新，床幕器具悉备焉。修除甫竟，十娘已至，登堂谢过，言词温婉。转身向昆生展笑，举家变怨为喜。自此十娘性益和，居二年无间言。

十娘最恶蛇，昆生戏函小蛇，给使启之。十娘变色，诟昆生。昆生亦转笑生嗔，恶相抵。十娘曰：『今番不待相迫逐，请自此绝。』遂出门去。薛翁大恐，杖昆生，请罪于神。幸不祸之，亦寂无音。积有年余，昆生怀念十娘，颇自悔，窃诣神所哀十娘，迄无声应。未几，闻神以十娘字袁氏，中心失望，因亦求婚他族；而历相数家，并无如十娘者，于是益思十娘。往探袁氏，则已垩壁涤庭，候鱼轩矣。心愧愤不能自已，废食成疾。父母忧皇，不知所处。

忽昏愦中有人抚之曰：『大丈夫频欲断绝，又作此态！』开目则十娘也。喜极，跃起曰：『卿何

来？』十娘曰：『以轻薄人相待之礼，止宜从父命，另醮而去。固久受袁家采币，妾千思万思而不忍也。卜吉已在今夕，父又无颜反币，妾亲携而置之矣。适出门，父走送曰：「痴婢！不听吾言，后受薛家凌虐，纵死亦勿归也！」』昆生感其义，为之流涕。家人皆喜，奔告翁媪。媪闻之，不待往朝，奔入子舍，执手呜泣。由此昆生亦老成，不作恶虐，于是情好益笃。十娘曰：『妾向以君儇薄，未必遂能相白首，故不欲留孽根于人世；今已靡他，妾将生子。』居无何，神翁神媪着朱袍，降临其家。次日十娘临蓐，一举两男。

由此往来无间。居民或犯神怒，辄先求昆生；乃使妇女辈盛妆入闺，朝拜十娘，十娘笑则解。薛氏苗裔甚繁，人名之『薛蛙子家』。近人不敢呼，远人则呼之。

青蛙神，往往托诸巫以为言。巫能察神嗔喜：告诸信士曰『喜矣』，福则至；『怒矣』，妇子坐愁叹，有废餐者。流俗然哉？抑神实灵，非尽妄也？

有富贾周某性吝啬。会居人敛金修关圣祠，贫富皆与有力，独周一毛所不肯拔。久之工不就，首事者无所为谋。适众赛蛙神，巫忽言：『周将军仓命小神司募政，其取簿籍来。』众从之。巫曰：『已捐者不复强，未捐者量力自注。』众唯唯敬听，各注已。巫视众：『周某在此否？』周方混迹其后，惟恐神知，闻之失色，次且而前。巫指籍曰：『注金百。』周益窘，巫怒曰：『淫债尚酬二百，况好事耶！』盖周私一妇，为夫掩执，以金二百自赎，故讦之也。周益惭惧，不得已，如命注之。

既归告妻，妻曰：『此巫之诈耳。』巫屡索，卒不与。一日方昼寝，忽闻门外如牛喘。视之，则一巨蛙，室门仅容其身，步履蹇缓，塞两扉而入。既入转身卧，以阈承颔，举家尽惊。周曰：『此必讨

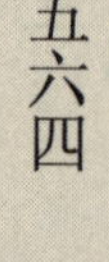

募金也。』焚香而祝，愿先纳三十，其余以次赍送，蛙不动；请纳五十，身忽一缩小尺许；又加二十益缩如斗；请全纳，缩如拳，从容出，入墙罅而去。周急以五十金送监造所，人皆异之，周亦不言其故。积数日，巫又言：『周某欠金五十，何不催并？』周闻之，惧，又送十金，意将以次完结。一日夫妇方食，蛙又至，如前状，目作怒。少间登其床，床摇撼欲倾；加喙于枕而眠，腹隆起如卧牛，四隅皆满。周惧，即完百数与之。验之，仍不少动。半日间小蛙渐集，次日益多，穴仓登榻，无处不至；大于碗者，升灶啜蝇，糜烂釜中，以致秽不可食；至三日庭中蠢蠢，更无隙地。一家皇骇，不知计之所出。不得已，请教于巫。巫曰：『此必少之也。』遂祝之，益以二十首始举；又益之起一足；直至百金，四足尽起，下床出门，狼数步，复返身卧门内。周惧，问巫。巫揣其意，欲周即解囊。周无奈何，如数付巫，蛙乃行，数步外身暴缩，杂众蛙中，不可辨认，纷纷然亦渐散矣。

祠既成，开光祭赛，更有所需。巫忽指首事者曰：『某宜出如干数。共十五人，止遗二人。』众祝曰：『吾等与某某，已同捐过。』巫曰：『我不以贫富为有无，但以汝等所侵渔之数为多寡。此等金钱，不可自肥，恐有横灾飞祸。念汝等首事勤劳，故代汝消之也。除某某廉正无苟且外，即我家巫，我亦不少私之，便令先出，以为众倡。』即奔入家，搜括箱椟。妻问之亦不答，尽卷囊蓄而出，告众曰：『某私克银八两，今使倾橐。』与众衡之，秤得六两余，使人志之。众愕然，不敢置辩，悉如数纳入。巫过此茫不自知；或告之，大惭，质衣以盈之。惟二人亏其数，事既毕，一人病月余，一人患疔，医药之费，浮于所欠，人以为私克之报云。

异史氏曰：老蛙司募，无不可与为善之人，其胜刺钉拖索者不既多乎？又发监守之盗而消其灾，则其现威猛，正其行慈悲也。神矣！

注释

①禳祷：祭祀祝祷，祈求消灾免祸。

②藩溷：厕所。

③『鸮鸟生翼』二句：比喻忘恩负义。鸮鸟，猫头鹰，相传幼鸟长成后，啄食母亲的眼睛而去，后以此喻恶人。

④女红：也作『女功』，指妇女所做的针线活。

⑤盎盂相敲：比喻家庭中的口角纷争。盎和盂都是盆碗一类的食具。

⑥臣：古时与尊者谈话时对自己的谦称。

晚霞

五月五日，吴越有斗龙舟之戏：刳木①为龙，绘鳞甲，饰以金碧；上为雕甍朱槛，帆旌皆以锦绣。舟末为龙尾高丈余，以布索引木板下垂。有童坐板上，颠倒滚跌，作诸巧剧。下临江水，险危欲堕。故其购是童也，先以金啖其父母，预调驯之，堕水而死勿悔也。吴门②则载美姬，较不同耳。

镇江有蒋氏童阿端，方七岁。便捷奇巧莫能过，声价益起，十六岁犹用之。至金山下堕水死。蒋媪止此子，哀鸣而已。阿端不自知死，有两人导去，见水中别有天地；回视则流波四绕，屹如壁立。俄入宫殿，见一人兜牟③坐。两人曰：『此龙窝君也。』便使拜伏，龙窝君颜色和霁，曰：『阿

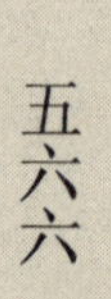

端伎巧可入柳条部。』遂引至一所，广殿四合。趋上东廊，有诸少年出与为礼，率十三四岁。即有老妪来，众呼解姥。坐令献技。已，乃教以钱塘飞霆之舞，洞庭和风之乐。但闻鼓钲喤聒，诸院皆响；既而诸院皆息。姥恐阿端不能即娴，独絮絮调拨之；而阿端一过殊已了了。姥喜曰：『得此儿，不让晚霞矣！』

明日龙窝君按部，诸部毕集。首按夜叉部，鬼面鱼服，鸣大钲，围四尺许，鼓可四人合抱之，声如巨霆，叫噪不复可闻。舞起则巨涛汹涌，横流空际，时堕一点大如盆，着地消灭。龙窝君急止之，命进乳莺部，皆二八姝丽，笙乐细作，一时清风习习，波声俱静，水渐凝如水晶世界，上下通明。按毕，俱退立西墀下。次按燕子部，皆垂髫人。内一女郎，年十四五已来，振袖倾鬟，作散花舞；翩翩翔起，衿袖袜履间，皆出五色花朵，随风扬下，飘泊满庭。舞毕，随其部亦下西墀。阿端旁睨，雅爱好之，问之同部，即晚霞也。无何，唤柳条部。龙窝君特试阿端。端作前舞，喜怒随腔，俯仰中节。龙窝君嘉其惠悟，赐五文裤褶，鱼须金束发，上嵌夜光珠。阿端拜赐下，亦趋西墀，各守其伍。端于众中遥注晚霞，晚霞亦遥注之。少间，端逡巡出部而北，晚霞亦渐出部而南，相去数武，而法严不敢乱部，相视神驰而已。既按蛱蝶部，童男女皆双舞，身长短、年大小、服色黄白，皆取诸同。诸部按毕，鱼贯而出。柳条在燕子部后，端疾出部前，而晚霞已缓滞在后。回首见端，故遗珊瑚钗，端急内袖中。

既归，凝思成疾，眠餐顿废。解姥辄进甘旨，日三四省，抚摩殷切，病不少瘥。姥忧之，罔所为计，曰：『吴江王寿期已促，且为奈何！』薄暮一童子来，坐榻上与语，自言：『隶蛱蝶部。』

从容问曰：『君病为晚霞否？』端惊问：『何知？』笑曰：『晚霞亦如君耳。』端凄然起坐，便求方计。童问：『尚能步否？』答云：『勉强尚能自力。』童挽出，南启一户，折而西，又辟双扉。见莲花数十亩，皆生平地上，叶大如席，花大如盖，落瓣堆梗下盈尺。童引入其中，曰：『姑坐此。』遂去。少时，一美人拨莲花而入，则晚霞也。相见惊喜，各道相思，略述生平。遂以石压荷盖令侧，雅可幛蔽；又匀铺莲瓣而藉之，忻与狎寝。既订后约，日以夕阳为候，乃别。端归，病亦寻愈。由此两人日以会于莲亩。

过数日，随龙窝君往寿吴江王。称寿已，诸部悉归，独留晚霞及乳莺部一人在宫中教舞。数月更无音耗，端怅望若失。惟解姥日往来吴江府，端托晚霞为外妹，求携去，冀一见之。留吴江门下数日，宫禁严森，晚霞苦不得出，怏怏而返。积月余，痴想欲绝。一日解姥入，戚然相吊曰：『惜乎！晚霞投江矣！』端大骇，涕下不能自止。因毁冠裂服，藏金珠而出，意欲相从俱死。但见江水若壁，以首力触不得入。念欲复还，惧问冠服，罪将增重。意计穷蹇，汗流浃踵。忽睹壁下有大树一章，乃猱攀而上，渐至端杪，猛力跃堕，幸不沾濡，而竟已浮水上。不意之中，恍睹人世，遂飘然泅去。移时得岸，少坐江滨，顿思老母，遂趁舟而去。

抵里，四顾居庐，忽如隔世。次且至家，忽闻窗中有女子曰：『汝子来矣。』音声甚似晚霞。俄，与母俱出，果霞。斯时两人喜胜于悲；而媪则悲疑惊喜，万状俱作矣。初，晚霞在吴江，觉腹中震动，龙宫法禁严，恐旦夕身娩，横遭挞楚，又不得一见阿端，但欲求死，遂潜投江水。身泛起，沉浮波中，有客舟拯之，问其居里。晚霞故吴名妓，溺水不得其尸，自念院④不可复投，遂曰：『镇江蒋氏，吾婿也。』客因代贳⑤扁舟，送诸其家。蒋媪疑其错误，女自言不误，因以其情详告媪。媪以其风

格婉妙，颇爱悦之。第虑年太少，必非肯终寡也者。而女孝谨，顾家中贫，便脱珍饰售数万。媪察其志无他，良喜。然无子，恐一旦临蓐，不见信于戚里，以谋女。女曰：『母但得真孙，何必求人知。』媪亦安之。

会端至，女喜不自已。媪亦疑儿不死；阴发儿冢，骸骨俱存，因以此诘端。端始爽然自悟；然恐晚霞恶其非人，嘱母勿复言。母然之。遂告同里，以为当日所得非儿尸，然终虑其不能生子。未几竟举一男，捉之无异常儿，始悦。久之，女渐觉阿端非人，乃曰：『胡不早言！凡鬼衣龙宫衣，七七魂魄坚凝，生人不殊矣。若得宫中龙角胶，可以续骨节而生肌肤，惜不早购之也。』

端货其珠，有贾胡出资百万，家由此巨富。值母寿，夫妻歌舞称觞，遂传闻王邸。王欲强夺晚霞。端惧，见王自陈：『夫妇皆鬼。』验之无影而信，遂不之夺。但遣宫人就别院传其技。女以龟溺毁容，而后见之。教三月，终不能尽其技而去。

注释

①刳木：将整木掏空。

②吴门：今江苏省苏州市的别称。因其故地是春秋时吴国京城，故称。

③兜牟：头盔。此处指戴着头盔。

④院：妓院。

⑤贳：雇用。

白秋练

直隶有慕生，小字蟾宫，商人慕小寰之子。聪惠喜读。年十六，翁以文业迂，使去而学贾，从父至楚。每舟中无事，辄便吟诵。抵武昌，父留居逆旅，守其居积①。生乘父出，执卷哦诗，音节铿锵。辄见窗影憧憧，似有人窃听之，而亦未之异也。

一夕翁赴饮，久不归，生吟益苦。有人徘徊窗外，月映甚悉。怪之，遽出窥觇，则十五六倾城②之姝。望见生，急避去。又二三日，载货北旋，暮泊湖滨。父适他出，有媪入曰：『郎君杀吾女矣！』生惊问之，答云：『妾白姓。有息女秋练，颇解文字。言在郡城，得听清吟，于今结念，至绝眠餐。意欲附为婚姻，不得复拒。』生心实爱好，第虑父嗔，因直以情告。媪不实信，务要盟约。生不肯，媪怒曰：『人世姻好，有求委禽而不得者。今老身自媒，反不见纳，耻孰甚焉！请勿想北渡矣！』遂去。少间父归，善其词以告之，隐冀垂纳。而父以涉远，又薄女子之怀春也，笑置之。

泊舟处水深没棹；夜忽沙碛拥起，舟滞不得动。湖中每岁客舟必有留住守洲者，至次年桃花水溢，他货未至，舟中物当百倍于原直也，以故翁未甚忧怪。独冀明岁南来，尚须揭资③，于是留子自归。生窃喜，悔不诘媪居里。日既暮，媪与一婢扶女郎至，展衣卧诸榻上，向生曰：『人病至此，莫高枕作无事者！』遂去。生初闻而惊；移灯视女，则病态含娇，秋波自流。略致讯诘，嫣然微笑。生强其一语，曰：『「为郎憔悴却羞郎」，可为妾咏。』生狂喜，欲近就之，而怜其荏弱。探手于怀，接④为戏。女不觉欢然展谑，乃曰：『君为妾三吟王建「罗衣叶叶」之作，病当愈。』生从其言。甫两过，女揽衣起曰：『妾愈矣！』再读，则娇颤相和。生神志益飞，遂灭烛共寝。女未曙已起，曰：『老母将至矣。』未几媪果至。见女凝妆欢坐，不觉欣慰；邀女去，女俯首不语。媪即自去，曰：『汝乐与郎君戏，亦自任也。』于是生始研问居止。女曰：『妾与君不过倾盖之交，婚嫁尚未可必，何须令知家门。』然两人互相爱悦，要誓良坚。

女一夜早起挑灯，忽开卷凄然泪莹，生起急问之。女曰：『阿翁行且至。我两人事，妾适以卷卜，展之得李益『江南曲』，词意非祥。』生慰解之，曰：『首句「嫁得瞿塘贾」，即已大吉，何不祥之与有！』女乃少欢，起身作别曰：『暂请分手，天明则千人指视矣。』生把臂哽咽，问：『好事如谐，何处可以相报？』曰：『妾常使人侦探之，谐否无不闻也。』生将下舟送之，女力辞而去。无何慕果至。生渐吐其情，父疑其招妓，怒加诟厉。细审舟中财物，并无亏损，谯呵乃已。一夕翁不在舟，女忽至，相见依依，莫知决策。女曰：『低昂有数，且图目前。姑留君两月，再商行止。』临别，以吟声作为相会之约。由此值翁他出，遂高吟，则女自至。四月行尽，物价失时，诸贾无策，敛资祷湖神之庙。端阳后，雨水大至，舟始通。

生既归，凝思成疾。慕忧之，巫医并进。生私告母曰：『病非药禳可痊，惟有秋练至耳。』翁初怒之；久之支离益惫，始惧，赁车载子复入楚，泊舟故处。访居人，并无知白媪者。会有媪操柁湖滨，即出自任。翁登其舟，窥见秋练，心窃喜，而审诘邦族，则浮家泛宅而已。因实告子病由，冀女登舟，姑以解其沉痼。媪以婚无成约，弗许。女露半面，殷殷窥听，闻两人言，眦泪欲望。媪视女面，因翁哀请，即亦许之。至夜翁出，女果至，就榻呜泣曰：『昔年妾状今到君耶！此中况味，要不可不使君知。然羸顿如此，急切何能便瘳？妾请为君一吟。』生亦喜。女亦吟王建前作。生曰：『此卿心事，医二人何得效？然闻卿声，神已爽矣。试为我吟「杨柳千条尽向西」。』女从之。生赞曰：『快哉！卿昔诵诗余，有采莲子云：

「菡萏香莲十顷陂。」心尚未忘，烦一曼声度之。』女又从之。甫阕⑤，生跃起曰：『小生何尝病哉！』遂相狎抱，沉疴若失。既而问：『父见媪何词？事得谐否？』女已察知翁意，直对『不谐』。

既而女去，父来，见生已起，喜甚，但慰勉之。因曰：『女子良佳。然自总角⑥时把柁棹歌，无论微贱，抑亦不贞。』生不语。翁既出，女复来，生述父意。女曰：『妾窥之审矣：天下事，愈急则愈远，愈迎则愈拒。当使意自转，反相求。』生问计，女曰：『凡商贾之志在于利耳。妾有术知物价。适视舟中物，并无少息。为我告翁：居某物利三之；某物十之。归家，妾言验，则妾为佳妇矣。再来时君十八，妾十七，相欢有日，何忧为！』生以所言物价告父。父颇不信，姑以余资半从其教。既归，所自买货，资本大亏；幸少从女言，得厚息，略相准。以是服秋练之神。生益夸张之，谓女自言，能使己富。翁于是益揭资而南。至湖，数日不见白媪；过数日，始见其泊舟柳下，因委禽焉。媪悉不受，但涓吉送女过舟。翁另赁一舟，为子合卺。

女乃使翁益南，所应居货，悉籍付之。媪乃邀婿去，家于其舟。翁三月而返。物至楚，价已倍蓰。将归，女求载湖水；既归，每食必加少许，如用醯⑦酱焉。由是每南行，必为致数坛而归。后三四年，举一子。

一日涕泣思归。翁乃偕子及妇俱入楚。至湖，不知媪之所在。女扣舷呼母，神形丧失。促生沿湖问讯。会有钓鲟鳇者，得白骥。生近视之，巨物也，形全类人，乳阴毕具。奇之，归以告女。女大骇，谓夙有放生愿，嘱生赎放之。生往商钓者，钓者索直昂。女曰：『妾在君家，谋金不下巨万，区区者何遂靳直也！如必不从，妾即投湖水死耳！』生惧，不敢告父，盗金赎放之。既返不见女。搜之不得，更尽始至。问：『何往？』曰：『适至母所。』问：『母何在？』腆然曰：『今不得不实告矣：适所赎，即妾母也。向在洞庭，龙君命司行旅。近宫中欲选嫔妃，妾被浮言者所称道，遂敕妾母，坐相索。妾母实奏之。龙君不听，放母于南滨，饿欲死，故罹前难。今难虽免，而罚未释。君如爱妾，代祷真君可免。如以异类见憎，请以儿掷还君。妾自去，龙宫之奉，未必不百倍君家也。』生大惊，虑真君不可得见。女曰：『明日未刻，真君当至。见有跛道士，急拜之，入水亦从之。真君喜文士，必合怜允。』乃出鱼腹绫一方，曰：『如问所求，即出此，求书一「免」字。』生如言候之。果有道士蹩而至，生伏拜之。道士急走，生从其后。道士以杖投水，跃登其上。生竟从之而登，则非杖也，舟也。又拜之，道士问：『何求？』生出罗求书。道士展视曰：『此白鱀翼也，子何遇之？』蟾宫不敢隐，详陈始末。道士笑曰：『此物殊风流，老龙何得荒淫！』遂出笔草书『免』字如符形，返舟令下。则见道士踏杖浮行，顷刻已渺。归舟女喜，但嘱勿泄于父母。

归后二三年，翁南游，数月不归。湖水俱罄，久待不至。女遂病，日夜喘急，嘱曰：『如妾死，勿瘗，当于卯、午、酉三时，一吟杜甫《梦李白》诗，死当不朽。待水至，倾注盆内，闭门缓妾衣，抱入浸之，宜得活。』喘息数日，奄然遂毙。后半月，慕翁至，生急如其教，浸一时许，渐苏。自是每思南旋。后翁死，生从其意，迁于楚。

注释

①居积：囤积待售的货物。

②倾城：形容绝色女子。《汉书·外戚传》：『北方有佳人，绝世而独立，一顾倾人城，再顾倾人国。』

③揭资：指筹取资金。揭，持，负。

④接：接吻。腼，下唇。

⑤甫阕：刚唱完。阕，曲终。

⑥总角：指儿时。古时未成年的男女，束发为两结，形状如角，故称总角。

⑦醯：醋。

陈云栖

真毓生，楚夷陵①人，孝廉之子。能文，美丰姿，弱冠知名。儿时，相者曰：『后当娶女道士为妻。』父母共以为笑。而为之论婚，低昂苦不能就。生母臧夫人，祖居黄冈，生以故诣外祖母。闻时人语曰：『黄州「四云」，少者无伦。』盖郡有吕祖庵，庵中女道士皆美，故云。庵去臧氏村仅十余里，生因窃往。扣其关，果有女道士三四人，谦喜承迎，仪度皆洁。中一最少者，旷世真无其俦，心好而目注之。女以手支颐但他顾。诸道士觅盏烹茶。生乘间问姓字，答云：『云栖，姓陈。』生戏曰：『奇矣！小生适姓潘。』陈赪颜发颊，低头不语，起而去。少间瀹茗，进佳果，各道姓字：一白云深，年三十许；一盛云眠，二十已来；一梁云栋，约二十有四五，却为弟。而云栖不至，生殊怅惘，因问之。白曰：『此婢惧生人。』生乃起别，白力挽之，不留而出。白曰：『而欲见云栖，明日可复来。』生归，思恋綦切。次日又诣之。诸道士俱在，独少云栖，未便遽问。诸道士治具留餐，生力辞，不听。白拆饼授箸，劝进良殷。既问：『云栖何在？』答云：『自至。』久之，日势已晚，生欲归。白捉腕留之，曰：『姑止此，我捉婢子来奉见。』生乃止。俄，挑灯具酒，云眠亦去。酒数行，生辞已醉。白曰：『饮三觥，则云栖出矣。』生果饮如数。梁亦以此挟劝之，生又尽之，覆盏告辞。白顾梁曰：『吾等面薄，不能劝饮，汝往曳陈婢来，便道潘郎待妙常已久。』梁去，少时而返，具言：『云栖不至。』生欲去，而夜已深，乃佯醉仰卧。两人代裸之，迭就淫焉。终夜不堪其扰。天既明，不睡而别，数日不敢复往，而心念云栖不忘也，但不时于近侧探侦之。

一日既暮，白出门与少年去。生喜，不甚畏梁，急往款关。云眠出应门，问之，则梁亦他适。因问云栖，盛导去，又入一院。呼曰：『云栖！客至矣。』但见室门然而合。盛笑曰：『闭扉矣。』生立窗外，似将有言，盛乃去。云栖隔窗曰：『人皆以妾为饵钓君也。频来则身命殆矣。妾不能终守清规，亦不敢遂乖廉耻，欲得如潘郎者事之耳。』生乃以白头相约。云栖曰：『妾师抚养，即亦非易，果相见爱，当以二十金赎妾身。妾候君三年。如望为桑中之约，所不能也。』生诺之。方欲自陈，而盛复至，从与俱出，遂别归。

中心怊怅，思欲委曲夤缘，再一亲其娇范，适有家人报父病，遂星夜而还。无何，孝廉卒。夫人庭训最严，心事不敢使知，但刻减金资日积之。有议婚者，辄以服阕为辞。母不听。生婉告曰：『曩在黄冈，外祖母欲以婚陈氏，诚心所愿。今遭大故，音耗遂梗，久不如黄省问；且夕一往，如不果谐，从母所命。』夫人许之。乃携所积而去。

至黄诣庵中，则院宇荒凉，大异畴昔。渐入之，惟一老尼炊灶下，因就问。尼曰：『前年老道士死，「四云」星散矣。』问：『何之？』曰：『云深、云栋，从恶少去；向闻云栖寓居郡北；云眠消息不知

也。』生闻之悲叹。命驾即诣郡北，遇观辄询，并少踪迹。怅恨而归，伪告母曰：『舅言：陈翁如岳州，待其归，当遣诗来。』

逾半年夫人归宁，以事问母，母殊茫然。夫人怒子诳；媪疑甥与舅谋，而未以问也。幸舅出莫从稽其妄。夫人以香愿登莲峰。斋宿山下。既卧，逆旅主人扣扉，送一女道士寄宿同舍，自言：『陈云栖。』闻夫人家夷陵，移坐就榻，告诉坎坷，词旨悲恻。末言：『有表兄潘生，与夫人同籍，烦嘱子侄辈一传口语，但道其寄栖鹤观师叔王道成所。朝夕厄苦，度日如岁。令早一临存；恐过此以往，未之或知也。』夫人审名字，即又不知。但云：『既在学宫，秀才辈想无不闻也。』未明早别，殷殷再嘱。夫人既归，向生言及。生长跪曰：『实告母：所谓潘生即儿也。』夫人既知其故，怒曰：『不肖儿！宣淫寺观，以道士为妇，何颜见亲宾乎！』生垂头，不敢出词。会生以赴试入郡，窃命舟访王道成。至，则云栖半月前出游不返。既归，悒悒而病。

适臧媪卒，夫人往奔丧，殡后迷途，至京氏家，问之，则族妹也。相便邀入。见有少女在堂，年可十八九，姿容曼妙，目所未睹。夫人每思得一佳妇，俾子不怼，心动，因诘生平。妹云：『此王氏女也，京氏甥也。怙恃俱失，暂寄此耳。』问：『婿家谁？』曰：『无之。』把手与语，意致娇婉，母大悦，为之过宿，私以己意告妹。妹曰：『良佳。但其人高自位置，不然，胡蹉跎至今也。容商之。』夫人招与同榻，谈笑甚欢，自愿母夫人。夫人悦，请同归荆州，女益喜。

次日同舟而还。既至，则生病未起，母慰其沉痾，使婢阴告曰：『夫人为公子载丽人至矣。』生未信，伏窗窥之，较云栖尤艳绝也。因念：三年之约已过，出游不返，则玉容必已有主。得此佳

丽，心怀颇慰。于是輾然动色，病亦寻瘳。母乃招两人相拜见。生出，夫人谓女：『亦知我同归之意乎？』女微笑曰：『妾已知之。但妾所以同归之初志，母不知也。妾少字夷陵潘氏，音耗阔绝，必已另有良匹。果尔，则为母也妇；不尔，则终为母也女，报母有日也。』夫人曰：『既有成约，即亦不强。但前在五祖山时，有女冠问潘氏，今又潘氏，固知夷陵世族无此姓也。』女惊曰：『卧莲峰下者母耶？询潘氏者即我是也。』母始恍然悟，笑曰：『若然，则潘生固在此矣。』女问：『何在？』夫人命婢导去问生，生惊曰：『卿云栖耶？』女问：『何如？』生言其情，始知以潘郎为戏。女知为生，羞与终谈，急返告母。母问其。『何复姓王』。答云：『妾本姓王。道师见爱，遂以为女，从其姓耳。』夫人亦喜，涓吉为之成礼。先是，女与云眠俱依王道成。道成居隘，云眠遂去之汉口。女娇痴不能作苦，又羞出操道士业，道成颇不善之。会京氏如黄冈，女遇之流涕，因与俱去，俾改女子装，将论婚士族，故讳其曾隶道士籍。而问名者女辄不愿，舅及姑妗皆不知意向，心厌嫌之。是日从夫人归，得所托，如释重负焉。合卺后各述所遭，喜极而泣。女孝谨，夫人雅怜爱之；而弹琴好弈，不知理家人生业，夫人颇以为忧。

积月余，母遣两人如京氏，留数日而归，泛舟江流，一舟过，中一女冠，近之则云眠也。云眠独与女善。女喜，招与同舟，相对酸辛。问：『将何之？』盛云：『久切悬念。远至栖鹤观。则闻依京舅矣。故将诣黄冈一奉探耳。竟不知意中人已得相聚。今视之如仙，剩此漂泊人，不知何时已矣！』因而欷歔。女设一谋，令易道装，伪作姊，携伴夫人，徐择佳偶。盛从之。

既归，女先白夫人，盛乃入。举止大家；谈笑间，练达世故。母既寡苦寂，得盛良欢，惟恐其去。

盛早起代母劬劳，不自作客。母益喜，阴思纳女姊，以掩女冠之名，而未敢言也。一日忘某事未作，急问之，则盛代备已久。因谓女曰：『画中人不能作家，亦复何为。新妇若大姊者，吾不忧也。』不知女存心久，但恐母嗔。闻母言，笑对曰：『母既爱之，新妇欲效英、皇，何如？』母不言，亦辗然笑。女退，告生曰：『老母首肯矣。』乃另洁一室，告曰：『昔在观中共枕时，姊言：「但得一能知亲爱之人，我两人当共事之。」犹忆之否？』盛不觉双眦荧荧，曰：『妾所谓亲爱者非他，如日日经营，曾无一人知其甘苦；数日来，略有微劳，即烦老母恤念，则中心冷暖顿殊矣。若不下逐客令，俾得长伴老母，于愿斯足，亦不望前言之践也。』女告母。母令姊妹焚香，各矢无悔词，乃使生与行夫妇礼。将寝，告生曰：『妾乃二十三岁老处女也。』生犹未信。既而落红殷褥，始奇之。盛曰：『妾所以乐得良人者，非不能甘岑寂也；诚以闺阁之身，腼然酬应如勾栏，所不堪耳。借此一度，挂名君籍，当为君奉事老母，作内纪纲，若房闱之乐，请别与人探讨之。』三日后，袱被从母，遣之不去。女早诣母所，占其床寝，不得已，乃从生去。由是三两日辄一更代，习为常。

夫人故善弈，自宴居，不暇为之。自得盛，经理井井，昼日无事，辄与女弈。挑灯瀹茗，听两妇弹琴，夜分始散。每与人曰：『儿父在时，亦未能有此乐也。』盛司出纳，每纪籍报母。母疑曰：『儿辈常言幼孤，作字弹棋②，谁教之？』女笑以实告。母亦笑曰：『我初不俗为儿娶一道士，今竟得两矣。』忽忆童时所卜，始信定数不可逃也。生再试不第。夫人曰：『吾家虽不丰，薄田三百亩，幸得云眠纪理，日益温饱。儿但在膝下，率两妇与老身共乐，不愿汝求富贵也。』生从之。后云眠生男女各一，云栖女一男三。母八十余岁而终。孙皆入泮；长孙，云眠所出，已中乡选矣。

注释

①夷陵：州名，在今湖北省宜昌市。

②弹棋：汉魏时流行的一种博戏。徐广《弹棋经》：『弹棋二人对局，黑白各六子，先列棋相当，下呼上击之。』至宋代时已失传。此处指弹琴，下棋。

织成

洞庭湖中，往往有水神借舟。遇有空船，缆忽自解，飘然游行。但闻空中音乐并作，舟人蹲伏一隅，瞑目听之，莫敢仰视，任所往。游毕仍泊旧处。

有柳生落第归，醉卧舟上。笙乐忽作。舟人摇生不得醒，急匿艎下①。俄有人捽生。生醉甚，随手堕地，眠如故，即亦置之。少间，鼓吹鸣聒。生微醒，闻兰麝充盈，睨之，见满船皆佳丽。心知其异，目若瞑。少间传呼织成，即有侍儿来，立近颊际，翠袜紫舄，细瘦如指。心好之，隐以齿啮其袜。少间，女子移动，牵曳倾踣。上问之，因白其故。在上者怒，命即行诛。遂有武士入，捉缚而起。见南面一人，冠类王者，因行且语，曰：『闻洞庭君②为柳氏，臣亦柳氏；昔洞庭落第，今臣亦落第；洞庭得遇龙女而仙，今臣醉戏一姬而死，何幸不幸之悬殊也！』王者闻之，唤回，问：『汝秀才下第者乎？』生诺。便授笔札，令赋《风鬟雾鬓》。生固襄阳名士，而构思颇迟，捉笔良久。上诮让曰：『名士何得尔？』生释笔自白：『昔《三都赋》十稔而成，以是知文贵工不贵速也。』王者笑听之。自辰至午，稿始脱。王者览之，大悦曰：『真名士也！』遂赐以酒。顷刻，异馔纷纶。方问对间，一吏捧簿进白：『溺籍告成矣。』问：『人数几何？』曰：『一百二十八人。』问：『签差[3]何人矣？』答云：『毛、南二尉。』生起拜辞，王者赠黄金十斤，又水晶界方一握，曰：『湖中小有劫数，持此可免。』忽见羽葆人马，纷立水面，王者下舟登舆，遂不复见，久之寂然。舟人始自艎下出，荡舟北渡，风逆不得前。忽见水中有铁猫浮出，舟人骇曰：『毛将军出现矣！』各舟商人俱伏。又无何，湖中一木直立，筑筑摇动。益惧曰：『南将军又出矣！』少时，波浪大作，上翳天日，四顾湖舟，一时尽覆。生举界方危坐舟中，万丈洪涛至舟顿灭，以是得全。

既归，每向人语其异，言：『舟中侍儿，虽未悉其容貌，而裙下双钩，亦人世所无。』后以故至武昌，有崔媪卖女，千金不售；蓄一水晶界方，言有能配此者，嫁之。生异之，怀界方而往。媪忻然承接，呼女出见，年十五六已来，媚曼[4]风流，更无伦比，略一展拜，反身入帏。生一见魂魄动摇，曰：『小生亦蓄一物，不知与老姥家藏颇相称否？』因各出相较，长短不爽毫厘。媪喜，便问寓所，请生即归命舆，界方留作信。生不肯留，媪笑曰：『官人亦太小心！老身岂为一界方抽身窜去耶？』生不得已，留之。出则赁舆急返，而媪室已空，大骇。遍问居人，迄无知者。

日已向西，形神懊丧，邑邑而返。中途，值一舆过，忽搴帘曰：『柳郎何迟也？』视之，则崔媪，喜问：『何之？』媪笑曰：『必将疑老身拐骗者矣。别后，适有便舆，顷念官人亦侨寓，措办良艰，故遂送女归舟耳。』生邀回车，媪必不可。生仓皇不能确信，急奔入舟，女果及一婢在焉。见生入，含笑承迎。生见翠袜紫履，与舟中侍儿妆饰，更无少别。心异之，徘徊凝注，女笑曰：『眈眈注目，生平所未见耶？』生益俯窥之，则袜后齿痕宛然，惊曰：『卿织成耶？』女掩口微哂。生

长揖曰：『卿果神人，早请直言，以祛烦惑。』女曰：『实告君：前舟中所遇，即洞庭君也。仰慕鸿才，便欲以妾相赠；因妾过为王妃所爱，故归谋之。妾之来从妃命也。』生喜，沐手焚香，望湖朝拜。乃归。后诣武昌，女求同去，将便归宁。既至洞庭，女拔钗掷水，忽见一小舟自湖中出，女跃登如飞鸟集，转瞬已杳。生坐船头，于没处凝盼之。遥遥一楼船至，既近窗开，忽如一彩禽翔过，则织成至矣。一人自窗中递掷金珠珍物甚多，皆妃赐也。自是，岁一两觐以为常。故生家富有珠宝，每出一物，世家所不识焉。

相传唐柳毅遇龙女，洞庭君以为婿。后逊位于毅。又以毅貌文，不能摄服水怪，付以鬼面，昼戴夜除；久之渐习忘除，遂与面合而为一。毅览镜自惭。故行人泛湖，或以手指物，则疑为指已也；以手覆额，则疑其窥己也；风波辄起，舟多覆。故初登舟，舟人必以此告戒之。不则设牲牢⑤祭享乃得渡。许真君偶至湖，浪阻不得行。真君怒，执毅付郡狱。狱吏检囚，恒多一人，莫测其故。一夕毅示梦郡伯，哀求拔救。伯以幽明异路，谢辞之。毅云：『真君于某日临境，但为求恳，必合有济。』既而真君果至，因代求之，遂得释。嗣后湖禁稍平。

注释

①艎下：船舱。

②洞庭君：指柳毅。

③签差：派遣。旧时称派遣官吏为『签差』。

④媚曼：美丽漂亮。

⑤牲牢：杀牲作为祭品。牛、羊、豕为『牲』，系养者称『牢』。

竹青

鱼客，湖南人，忘其郡邑。家贫，下第①归，资斧断绝。羞于行乞，饿甚，暂憩吴王庙中，拜祷神座。出卧廊下，忽一人引去见王，跪白曰：『黑衣队尚缺一卒，可使补缺。』王曰：『可。』即授黑衣。既着身，化为乌，振翼而出。见乌友群集，相将俱去，分集帆樯。舟上客旅，争以肉向上抛掷。群于空中接食之。因亦尤效，须臾果腹。翔栖树杪，意亦甚得。逾二三日，吴王怜其无偶，配以雌，呼之『竹青』。雅相爱乐。鱼每取食，辄驯无机，竹青恒劝谏之，卒不能听。一日有满兵过，弹之中胸。幸竹青衔去之，得不被擒。群乌怒，鼓翼扇波，波涌起，舟尽覆。竹青仍投饵哺鱼。鱼伤甚，终日而毙。忽如梦醒，则身卧庙中。先是居人见鱼死，不知谁何，抚之未冷，故不时令人逻察之。至是讯知其由，敛资送归。后三年，复过故所，参谒吴王。设食，唤乌下集群啖，祝曰：『竹青如在，当止。』食已并飞去。后领荐②归，复谒吴王庙，荐以少牢。已，乃大设以飨乌友，又祝之。是夜宿于湖村，秉烛方坐，忽几前如飞鸟飘落；视之则二十许丽人，辗然曰：『别来无恙乎？』鱼惊问之，曰：『君不识竹青耶？』鱼喜，诘所来。曰：『妾今为汉江神女，返故乡时常少。前乌使两道君情，故来一相聚也。』鱼益欣感，宛如夫妻之久别，不胜欢恋。生将偕与俱南，女欲邀与俱西，两谋不决。寝初醒，则女已起。开目，见高堂中巨烛荧煌，竟非舟中。惊起，问：『此何所？』女笑曰：『此汉阳也。妾家即君家，何必南！』天渐晓，婢媪纷集，酒炙已进。就广床上设矮几，夫妇对酌。鱼问：『仆何在？』答：『在舟上。』生

虑舟人不能久待，女言：『不妨，妾当助君报之。』于是日夜谈宴，乐而忘归。

舟人梦醒，忽见汉阳，骇绝。仆访主人，杳无音信。舟人欲他适，而缆结不解，遂共守之。积两月余，生忽忆归，谓女曰：『仆在此，亲戚断绝。且卿与仆，名为琴瑟，而不一认家门，奈何？』女曰：『无论妾不能往；纵往，君家自有妇，将何以处妾乎？不如置妾于此，为君别院可耳。』生恨道远不能时至，女出黑衣，曰：『君向所著旧衣尚在。如念妾时，衣此可至，至时为君解之。』乃大设肴珍，为生祖饯③。即醉而寝，醒则身在舟中，视之洞庭旧泊处也。舟人及仆俱在，相视大骇，诘其所往，生故怅然自惊。枕边一襆，检视，则女赠新衣袜履，黑衣亦折置其中。又有绣橐维絷腰际，探之，则金资充牣焉。于是南发，达岸，厚酬舟人而去。

归家数月，苦忆汉水，因潜出黑衣着之，两胁生翼，翕然凌空，经两时许，已达汉水。回翔下视，见孤屿中有楼舍一簇，遂飞堕。有婢子已望见之，呼曰：『官人至矣！』无何，竹青出，命众手为缓结，觉羽毛划然尽脱。握手入舍，曰：『郎来恰好，妾旦夕临蓐矣。』生戏问曰：『胎生乎？卵生乎？』女曰：『妾今为神，则皮骨已硬，应与曩异。』越数日果产，胎衣厚裹如巨卵然，破之男也。生喜，名之『汉产』。三日后，汉水神女皆登堂，以服食珍物相贺。并皆佳妙，无三十以上人。俱入室就榻，以拇指按儿鼻，名曰：『增寿』。既去，生问：『适来者皆谁何？』女曰：『此皆妾辈。其末后着藕白者，所谓「汉皋解珮」，即其人也。』居数月，女以舟送之，不用帆楫，飘然自行。抵陆，已有人絷马道左，遂归。由此往来不绝。

积数年，汉产益秀美，生珍爱之。妻和氏苦不育，每思一见汉产。生以情告女。女乃治任，送儿从父归，约以三月。既归，和爱之过于己出，过十余月不忍令返。一日暴病而殇，和氏悼痛欲死。生乃诣汉告女。入门，则汉产赤足卧床上，喜以问女。女曰：『君久负约。妾思儿，故招之也。』生因述和氏爱儿之故。女曰：『待妾再育，令汉产归。』

又年余，女双生男女各一：男名『汉生』，女名『玉佩』。生遂携汉产归，然岁恒三四往，不以为便，因移家汉阳。汉产十二岁入郡庠。女以人间无美质，招去，为之娶妇，始遣归。妇名『危娘』，亦神女产也。后和氏卒，汉生及妹皆来擗踊④。葬毕，汉产遂留；生携汉生、玉佩去，自此不返。

注释

①下第：指科举落榜。

②领荐：即乡试中举。

③祖饯：饯别。古时出行，祭路神称为『祖』，用酒食送行称为『饯』。

④擗踊：为双亲举哀送葬。抚心为『擗』，跳跃为『踊』，形容哀痛之极。

王大

李信，博徒也。昼卧，忽见昔年博友王大，冯九来邀与敖戏①，李亦忘其为鬼，忻然从之。既出，王大往邀村中周子明，冯乃导李先行，入村东庙中。少顷周果同王至，冯出叶子②约与撩零③，李曰：『仓卒无博资，辜负盛邀，奈何？』周亦云然。王云：『燕子谷黄八官人放利债，同往贷之，宜必诺允。』于是四人并去。

飘忽间至一大村，村中甲第连垣，王指一门，曰：『此黄公子家。』内一老仆出，王告以意，仆即入白。旋出，奉公子命请王、李相会。入见公子，年十八九，笑语蔼然。便以大钱④一提付李，曰：『知君悫直⑤，无妨假贷；周子明我不能信之也。』王委曲代为请。公子要李署保，李不肯。王从旁怂恿之，李乃诺。亦授一千而出。便以付周，且述公子之意，以激其必偿。出谷，见一妇人来，则村中赵氏妻，素喜争善骂。冯曰：『此处无人，悍妇宜小祟之。』遂与捉返入谷。妇大号，冯掬土塞其口。周赞曰：『此等妇，只宜阴中！』冯乃捋裤，以长石强纳之，妇若死。众乃散去，复入庙，相与赌博。

自午至夜分，李大胜，冯、周资皆空。李因以厚资增息悉付王，使代偿黄公子；王又分给周、冯，局复合。居无何闻人声纷，一人奔入曰：『城隍老爷亲捉博者，今至矣！』众失色。李舍钱逾垣而逃。众顾资皆被缚。既出，果见一神人坐马上，马后絷博徒二十余人。天未明已至邑城，门启而入。至衙署，城隍南面坐，唤人犯上，执籍呼名。呼已，并令以利斧斫去将指，乃以墨朱各涂两目，游市三周讫。押者索贿而后去其墨朱，众皆赂之。独周不肯，辞以囊空；押者约送至家而后酬之，亦不许。押者指之曰：『汝真铁豆，炒之不能爆也！』遂拱手去。周出城，以唾湿袖，且行且拭。及河自照，墨朱未去，掬水盥之，坚不可下，悔恨而归。

先是，赵氏妇以故至母家，日暮不归，夫往迎之，至谷口，见妇卧道周。睹状，知其遇鬼，去其泥塞，负之而归。渐醒能言，始知阴中有物，宛转抽拔而出。乃述其遭。赵怒，遽赴邑宰，讼李及周。牒下，李初醒；周尚沉睡，状类死。宰以其诬控，笞赵械妇，夫妻皆无理以自申。

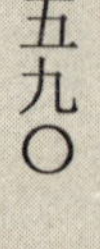

越日周醒，目眶忽变一赤一黑，大呼指痛。视之筋骨已断，惟皮连之，数日寻堕。目上墨朱，深入肌理。见者无不掩笑。一日见王大来索负。周厉声但言无钱，王忿而去。家人问之，始知其故。共以神鬼无情，劝偿之。周龈龈⑥不可，且曰：『今日官宰皆左袒赖债者，阴阳应无二理，况赌债耶！』次日有二鬼来，谓黄公子具呈在邑，拘赴质审；李信亦见隶来取作间证，二人一时并死。至村外相见，王、冯俱在。李谓周曰：『君尚带赤墨眼，敢见官耶？』周仍以前言告。李知其吝，乃曰：『汝既昧心，我请见黄八官人，为汝还之。』遂共诣公子所。李入而告以故，公子不可，曰：『负欠者谁，而取偿于子？』出以告周，因谋出资，假周进之。周益忿，语侵公子。鬼乃拘与俱行。无何至邑，入见城隍。城隍呵曰：『无赖贼！涂眼犹在，又赖债耶！』周曰：『黄公子出利债诱某博赌，遂被惩创。』城隍唤黄家仆上，怒曰：『汝主人开场诱赌，尚讨债耶？』仆曰：『取资时，公子不知其赌。公子家燕子谷，捉获博徒在观音庙，相去十余里。公子从无设局场之事。』城隍顾周曰：『取资悍不还，反被捏造！人之无良，至汝而极！』欲笞之。周又诉其息重，城隍曰：『偿几分矣？』答云：『实尚未有所偿。』城隍怒曰：『本资尚欠，而论息耶？』笞三十，立押偿主。二鬼押至家，索贿，不令即活，缚诸厕内，令示梦家人。家人焚楮锭二十提，火既灭，化为金二两、钱二千。周乃以金酬债，以钱赂押者，遂释令归。既苏，臀疮坟起，脓血崩溃，数月始痊。后赵氏妇不敢复骂；而周以四指带赤墨眼，赌如故。此以知博徒之非人矣！

异史氏曰：世事之不平，皆由为官者矫枉之过正也。昔日富豪以倍称之息折夺良家子女，人无敢言者；不然，函刺一投，则官以三尺法左袒之。故昔之民社官，皆为势家役耳。迨后贤者鉴其弊，又悉举而大反之。有举人重资作巨商者，衣锦厌粱肉，家中起楼阁、买良沃。而竟忘所自来。一取偿则怒目相向。质诸官，官则曰：『我不为人役也。』是何异懒残和尚，无工夫为俗人拭泪哉！余尝谓昔之官谄，今之官谬；谄者固可诛，谬者亦可恨也。放资而薄其息，何尝专有益于富人乎？

张石年宰淄川，最恶博。其涂面游城亦如冥法，刑不至堕指，而赌以绝。盖其为官甚得钩距法。方簿书旁午⑦时，每一人上堂，公偏暇，里居、年齿、家口、生业，无不絮絮问。问已，始劝勉令去，有一人完税一缴单，自分无事，呈单欲下。公止之。细问一过，曰：『汝何博也？』其人力辩生平不解博。公笑曰：『腰中尚有博具。』搜之果然。人以为神，而并不知其何术。

注释

①敖戏：游戏。此处指赌博。敖，出游，闲游。

②叶子：纸牌。明代称玩纸牌为叶子戏。

③撩零：赌徒相争求胜。唐李肇《国史补》卷下《叙博长行戏》：『博徒强名争胜谓之撩零。』

④大钱：面值大的钱币。清康熙年间铸大制钱、小制钱。大制钱又称大钱，每千文作银一两；小制钱又称小钱，每千文作银七钱。

⑤悫直：忠厚耿直。

⑥龈龈：争辩的样子。

⑦旁午：纵横纷乱的样子。此处指事物繁杂。

香玉

劳山下清宫，耐冬[1]高二丈，大数十围，牡丹高丈余，花时璀璨似锦。胶州黄生舍读其中。一日自窗中见女郎，素衣掩映花间。心疑观中焉得此，趋出已遁去。自此屡见之。遂隐身丛树中以伺其至。未几，女郎又偕一红裳者来，遥望之，艳丽双绝。行渐近，红裳者却退，曰：『此处有生人！』生暴起。二女惊奔，袖裙飘拂，香风洋溢，追过短墙，寂然已杳，爱慕弥切，因题句树下云：『无限相思苦，含情对短窗。恐归沙吒利，何处觅无双？』归斋冥思。女郎忽入，惊喜承迎。女笑曰：『君汹汹似强寇，令人恐怖；不知君乃骚雅士，无妨相见。』生叩生平，曰：『妾小字香玉，隶籍平康巷。被道士闭置山中，实非所愿。』生问：『道士何名？当为卿一涤此垢。』女曰：『不必，彼亦未敢相通。借此与风流士长作幽会，亦佳。』问：『红衣者谁？』曰：『此名绛雪，乃妾义姊。』遂相狎。及醒，曙色已红。女急起，曰：『贪欢忘晓矣。』着衣易履，且曰：『妾酬君作，勿笑：「良夜更易尽，朝暾已上窗。愿如梁上燕，栖处自成双。」』生握腕曰：『卿秀外惠中，令人爱而忘死。顾一日之去，如千里之别。卿乘间当来，勿待夜也。』女诺之。由此夙夜必偕。每使邀绛雪来，辄不至，生以为恨。女曰：『绛姐性殊落落[2]，不似妾情痴也。当从容对驾，不必过急。』一夕，女惨然入曰：『君陇不能守，尚望蜀耶？今长别矣。』问：『何之？』以袖拭泪，曰：『此有定数，难为君言。昔日佳作，今成谶语矣。「佳人已属沙吒利，义士今无古押衙」，可为妾咏。』诘之不言，但有呜咽。竟夜不眠，早旦而去。生怪之。

次日有即墨蓝氏，入官游瞩，见白牡丹，悦之，掘移径去。生始悟香玉乃花妖也，怅惋不已。过数日闻蓝氏移花至家，日就萎悴。恨极，作哭花诗五十首，日日临穴涕洟。

一日凭吊方返，遥见红衣人挥涕穴侧。从容近就，女亦不避。生因把袂，相向汍澜③。已而挽请入室，女亦从之。叹曰：『童稚姊妹，一朝断绝！闻君哀伤，弥增妾恸。泪堕九泉，或当感诚再作；然死者神气已散，仓卒何能与吾两人共谈笑也。』生曰：『小生薄命，妨害情人，当亦无福可消双美。曩频烦香玉道达微忱，胡再不临？』女曰：『妾以年少书生，什九薄幸；不知君固至情人也。然妾与君交，以情不以淫。若昼夜狎昵，则妾所不能矣。』言已告别。生曰：『香玉长离，使人寝食俱废。赖卿少留，慰此怀思，何决绝如此！』女乃止，过宿而去。数日不复至。冷雨幽窗，苦怀香玉，辗转床头，泪凝枕席。揽衣更起，挑灯复踵前韵曰：『山院黄昏雨，垂帘坐小窗。相思人不见，中夜泪双双。』诗成自吟。忽窗外有人曰：『作者不可无和。』听之，绛雪也。启户内之。女视诗，即续其后曰：『连袂人何处？孤灯照晚窗。空山人一个，对影自成双。』生读之泪下，因怨相见之疏。女曰：『妾不能如香玉之热，但可少慰君寂寞耳。』生欲与狎。曰：『相见之欢，何必在此。』

于是至无聊时，女辄一至。至则宴饮唱酬，有时不寝遂去，生亦听之。谓曰：『香玉吾爱妻，绛雪吾良友也。』每欲相问：『卿是院中第几株？乞早见示，仆将抱植家中，免似香玉被恶人夺去，贻恨百年。』女曰：『故土难移，告君亦无益也。妻尚不能终从，况友乎！』生不听，捉臂而出，每至牡丹下，辄问：『此是卿否？』女不言，掩口笑之。旋生以腊归过岁。至二月间，忽梦绛雪至，愀然曰：『妾有大难！君急往尚得相见；迟无及矣。』醒而异之，急命仆马，星驰至山。则道士将建屋，有一耐冬，碍其营造，工师将纵斤矣。

生急止之。入夜，绛雪来谢。生笑曰：『向不实告，宜遭此厄！今已知卿；如卿不至，当以艾

灶相炙。』女曰：『妾固知君如此，曩故不敢相告也。』坐移时，生曰：『今对良友，益思艳妻。久不哭香玉，卿能从我哭乎？』二人乃往，临穴洒涕。更余，绛雪收泪劝止。

又数夕，生方寂坐，绛雪笑入曰：『报君喜信：花神感君至情，俾香玉复降宫中。』生问：『何时？』答曰：『不知，约不远耳。』天明下榻，生嘱曰：『仆为卿来。勿长使人孤寂。』女笑诺。两夜不至。生往抱树，摇动抚摩，频唤无声。乃返，对灯团艾，将往灼树。女遽入，夺艾弃之，曰：『君恶作剧，使人创，当与君绝矣！』生笑拥之。坐未定，香玉盈盈而入。生望见，泣下流离，急起把握。香玉以一手握绛雪，相对悲哽。及坐，生把之觉虚，如手自握，惊问之，香玉泫然④曰：『昔，妾花之神，故凝；今，妾花之鬼，故散也。今虽相聚，勿以为真，但作梦寐观可耳。』绛雪曰：『妹来大好！我被汝家男子纠缠死矣。』遂去。

香玉款笑如前；但偎傍之间，仿佛以身就影。生悒悒不乐。香玉亦俯仰自恨，乃曰：『君以白蔹屑，少杂硫黄，日酹妾一杯水，明年此日报君恩。』别去。明日往观故处，则牡丹萌生矣。生乃日加培植，又作雕栏以护之。香玉来，感激倍至。生谋移植其家，女不可，曰：『妾弱质，不堪复戕。且物生各有定处，妾来原不拟生君家，违之反促年寿。但相怜爱，合好自有日耳。』生恨绛雪不至。香玉曰：『必欲强之使来，妾能致之。』乃与生挑灯至树下，取草一茎，布掌作度，以度树本，自下而上至四尺六寸，按其处，使生以两爪齐搔之。俄见绛雪从背后出，笑骂曰：『婢子来，助桀为虐耶！』牵挽并入。香玉曰：『姊勿怪！暂烦陪侍郎君，一年后不相扰矣。』从此遂以为常。

生视花芽，日益肥茂，春尽，盈二尺许。归后，以金遗道士，嘱令朝夕培养之。次年四月至宫，

则花一朵含苞未放；方流连间，花摇摇欲拆；少时已开，花大如盘，俨然有小美人坐蕊中，裁三四指许；转瞬飘然欲下，则香玉也。笑曰：『妾忍风雨以待君，君来何迟也！』遂入室。绛雪亦至，笑曰：『日日代人作妇，今幸退而为友。』遂相谈宴。至中夜，绛雪乃去，二人同寝，款洽一如从前。后生妻卒，生遂入山不归。是时牡丹已大如臂。生每指之曰：『我他日寄魂于此，当生卿之左。』二女笑曰：『君勿忘之。』

后十余年，忽病。其子至，对之而哀。生笑曰：『此我生期，非死期也，何哀为！』谓道士曰：『他日牡丹下有赤芽怒生，一放五叶者，即我也。』遂不复言。子舆之归家。即卒。次年，果有肥芽突出，叶如其数。道士以为异，益灌溉之。三年，高数尺，大拱把，但不花。老道士死，其弟子不知爱惜，斫去之。白牡丹亦憔悴死；无何耐冬亦死。

异史氏曰：情之至者，鬼神可通。花以鬼从，而人以魂寄，非其结于情者深耶？一去而两殉之，即非坚贞，亦为情死矣。人不能贞，亦其情之不笃耳。仲尼读唐棣而曰『未思』，信矣哉！

注释

①耐冬：络石的俗名，常绿木本植物，质坚韧，初夏开花。

②落落：孤傲不凡。

③澜：流泪的样子。

④泫然：伤心流泪的样子。

石清虚

邢云飞，顺天人。好石，见佳不惜重直。偶渔于河，有物挂网，沉而取之，则石径尺，四面玲珑，峰峦叠秀。喜极如获异珍。既归，雕紫檀为座，供诸案头。每值天欲雨，则孔孔生云，遥望如塞新絮。有势豪某踵门①求观。既见，举付健仆，策马径去。邢无奈，顿足悲愤而已。仆负石至河滨，息肩桥上，忽失手堕诸河。豪怒，鞭仆。即出金雇善泅者，百计冥搜，竟不可见。乃悬金署约而去。由是寻石者日盈于河，迄无获者。后邢至落石处，临流於邑，但见河水清澈，则石固在水中。邢大喜，解衣入水，抱之而出。携归，不敢设诸厅所，洁治内室供之。一日有老叟款门而请，邢托言石失已久。叟笑曰：『客舍非耶？』邢便请入舍以实其无，及入，则石果陈几上。愕不能言。叟抚石曰：『此吾家故物，失去已久，今固在此耶。既见之，请即赐还。』邢窘甚，遂与争作石主。叟笑曰：『既汝家物，有何验证？』邢不能答。叟曰：『仆则故识之。前后九十二窍，孔中五字云：「清虚天石供。」』邢审视，孔中果有小字，细如粟米，竭目力才可辨认；又数其窍，果如所言。邢无以对，但执不与。叟笑曰：『谁家物而凭君作主耶！』拱手而出。邢送至门外；既还，已失石所在。邢急追叟，则叟缓步未远。奔牵其袂而哀之。叟曰：『奇哉！经尺之石，岂可以手握袂藏者耶？』邢知其神，强曳之归，长跽请之。叟乃曰：『石果君家者耶、仆家者耶？』答曰：『诚属君家，但求割爱耳。』叟曰：『既然，石固在是。』入室，则石已在故处。叟曰：『天下之宝，当与爱惜之人。此石能自择主，仆亦喜之。然彼急于自见，其出也早，则魔劫未除。实将携去，待三年后始以奉赠。既欲留之，当减三年寿数，乃可与君相终始。君愿之乎？』曰：『愿。』叟乃以两指捏一窍，窍软如泥，随手而闭。闭三窍，已，曰：『石上窍数，

即君寿也。』作别欲去。邢苦留之，辞甚坚；问其姓字亦不言，遂去。

积年余，邢以故他出，夜有贼入室，诸无所失，惟窃石而去。邢归，悼丧欲死。访察购求，全无踪迹。积有数年，偶入报国寺，见卖石者，则故物也，将便认取。卖者不服，因负石至官。官问：『何所质验②？』卖石者能言窍数。邢问其他，则茫然矣。邢乃言窍中五字及三指痕，理遂得伸。官欲杖责卖石者，卖石者自言以二十金买诸市，遂释之。

邢得石归，裹以锦，藏椟中，时出一赏，先焚异香而后出之。有尚书某购以百金，邢曰：『虽万金不易也。』尚书怒，阴以他事中伤之。邢被收，典质田产。尚书托他人风示其子。子告邢，邢愿以死殉石。妻窃与子谋，献石尚书家。邢出狱始知，骂妻殴子，屡欲自经，皆以家人觉救得不死。夜梦一丈夫来，自言：『石清虚。』戒邢勿戚：『特与君年余别耳。明年八月二十日昧爽时，可诣海岱门以两贯相赎。』邢得梦，喜，谨志其日。其石在尚书家，更无出云之异，久亦不甚贵重之。明年，尚书以罪削职，寻死，邢如期至海岱门，则其家人窃石出售，因以两贯市归。

后邢至八十九岁，自治葬具，又嘱子必以石殉，及卒，子遵遗教，瘗石墓中。半年许，贼发墓劫石去。子知之，莫可追诘。越二三日，同仆在道，忽见两人奔蹶③汗流，望空投拜，曰：『邢先生，勿相逼！我二人将石去，不过卖四两银耳。』遂縶送到官，一讯即伏。问石，则鬻宫氏。取石至，官爱玩欲得之，命寄诸库。吏举石，石忽堕地，碎为数十余片。皆失色。官乃重械两盗论死。邢子拾碎石出，仍瘗墓中。异史氏曰：『物之尤者祸之府。至欲以身殉石亦痴甚矣！而卒④之石与人相终始，谁谓石无情哉？古语云：「士为知己者死。」非过也！石犹如此，何况于人！』

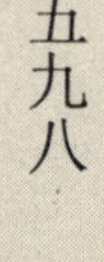

注释

①踵门：指登门。

②质验：凭证。

③奔踬：指跌跌撞撞地奔跑。踬，跌倒。

④卒：终于。

大男

奚成列，成都[1]士人也。有一妻一妾。妾何氏，小字昭容。妻早没，继娶申氏，性妒，虐遇何，且并及奚；终日哓聒，恒不聊生。奚怒亡去；去后何生一子大男。奚去不返，申摈何不与同炊，计日授粟。大男渐长，用不给，何纺绩佐食。大男见塾中诸儿吟诵，亦欲读。母以其太稚，姑送诣读。大男慧，所读倍诸儿。师奇之，愿不索束脩。何乃使从师，薄相酬。积二三年，经书[2]全通。

一日归，谓母曰：『塾中五六人，皆从父乞钱买饼，我何独无？』母曰：『待汝长，告汝知。』大男曰：『今方七八岁，何时长也？』母曰：『汝往塾，路经关帝庙，当拜之，祐汝速长。』大男信之，每过必入拜。母知之，问曰：『汝所祝何词？』笑云：『但祝明年便使我十六七岁。』母笑之。然大男学与躯长并速：至十岁，便如十三四岁者；其所为文竟成章。一日谓母曰：『昔谓我壮大，当告父处，今可矣。』母曰：『尚未，尚未。』又年余居然成人，研诘益频，母乃缅述之。大男悲不自胜，欲往寻父。母曰：『儿太幼，汝父存亡未知，何遽可寻？』大男无言而去，至午不归。往

塾问师，则辰餐未复。母大惊，出资佣役，到处冥搜，杳无踪迹。

大男出门，循途奔去，茫然不知何往。适遇一人将如夔州，言姓钱。大男丐食相从。钱病其缓，为赁代步，资斧耗竭。至夔同食，钱阴投毒食中，大男瞑不觉。钱载至大刹，托为己子，偶病绝资，卖诸僧。僧见其丰姿秀异，争购之。钱得金竟去。僧饮之，略醒。长老知而诣视，奇其相，研诘始得颠末。甚怜之，赠资使去。有泸州蒋秀才下第归，途中问得故，嘉其孝，携与同行。至泸，主其家。月余，遍加谘访。或言闽商有奚姓者，乃辞蒋，欲之闽。蒋赠以衣履，里党皆敛资助之。途遇二布客，欲往福清，邀与同侣。行数程，客窥囊金，引至空所，挚其手足，解夺而去。适有永福陈翁过其地，脱其缚，载归其家。翁豪富，诸路商贾，多出其门，翁嘱南北客代访奚耗。留大男伴诸儿读。大男遂住翁家，不复游。然去家愈远，音梗矣。

何昭容孤居三四年，申氏减其费，抑勒令嫁。何志不摇。申强卖于重庆贾，贾劫取而去。至夜，以刀自贾不敢逼，俟创瘥，又转鬻于盐亭贾。至盐亭，自刺心头，洞见脏腑。贾大惧，敷以药，创平，求为尼。贾曰：『我有商侣，身无淫具，每欲得一人主缝纫。此与作尼无异，亦可少偿吾值。』何诺。贾舆送去。入门，主人趋出，则奚生也。盖奚已弃儒为商，贾以其无妇，故赠之也。相见悲骇，各述苦况，始知有儿寻父未归。奚乃嘱诸客旅，侦察大男。而昭容遂以妾为妻矣。

然自历艰苦，疴痛多疾，不能操作，劝奚纳妾。奚鉴前祸，不从所请。何曰：『妾如争床第者，数年来固已从人生子，尚得与君有今日耶？且人加我者，隐痛在心，岂及诸身而自蹈之？』奚乃嘱客侣，为买三十余老妾。逾半年客果为买妾归，入门则妻申氏。各相骇异。先是申独居年余，兄苞劝令再适。

申从之，惟田产为子侄所阻不得售。鬻诸所有，积数百金，携归兄家。有保宁贾，闻其富有奁资，以多金啖苞赚娶之。而贾老废不能人。申怨兄，不安于室，悬梁投井，不堪其扰。贾怒，搜括其资，将卖作妾。闻者皆嫌其老。贾将适夔，乃载与俱去。遇奚同肆，适中其意，遂货之而去。既见奚，惭惧不出一语。奚问同肆商，略知梗概，因曰：『使遇健男，则在保宁，无再见之期，此亦数也。然今日我买妾，非娶妻，可先拜昭容，修嫡庶礼。』申耻之。奚曰：『昔日汝作嫡，何如哉！』何劝止之。奚不可，操杖临逼，申不得已，拜之。然终不屑承奉，但操作别室，何悉优容之，亦不忍课其勤惰。奚每与昭容谈宴，辄使役使其侧；何更代以婢，不听前。

会陈公嗣宗宰盐亭。奚与里人有小争，里人以逼妻作妾揭讼奚。公不准理，叱逐之。奚喜，方与何窃颂公德。一漏既尽，僮呼叩扉，入报曰：『邑令公至。』奚骇极，急觅衣履，则公已至寝门；益骇，不知所为。何审之，急出曰：『是吾儿也！』遂哭。公乃伏地悲咽。盖大男从陈公姓，业为官矣。初，公至自都，迂道过故里，始知两母皆醮，伏膺哀痛③。族人知大男已贵，反其田庐。公留仆营造，冀父复还。既而授任盐亭，又欲弃官寻父，陈翁苦劝止之。会有卜者，使筮焉。卜者曰：『小者居大，少者为长；求雄得雌，求一得两，为官吉。』公乃之任。为不得亲，居官不茹荤酒。是日得里人状，睹奚姓名，疑之。阴遣内使细访，果父。乘夜微行而出。见母，益信卜者之神。临去嘱勿播，出金二百，启父办装归里。

父抵家，门户一新，广畜仆马，居然大家矣。申见大男贵盛，益自敛。兄苞不愤，讼官，为妹争嫡。官廉得其情，怒曰：『贪资劝嫁，已更二夫，尚何颜争昔年嫡庶耶！』重笞苞。由此名分益定。而申妹何，何姊之。衣服饮食，悉不自私。申初惧其复仇，今益愧悔。奚亦忘其旧恶，俾内外皆呼以太母，但诰命不及耳。

异史氏曰：颠倒众生④，不可思议，何造物之巧也！奚生不能自立于妻妾之间，一碌碌庸人耳。苟非孝子贤母，乌能有此奇合，坐享富贵以终身哉！

注释

①成都：今四川省成都市。

②经书：指儒家经书，即《诗》、《书》、《礼》、《乐》、《易》和《春秋》。

③伏膺哀痛：内心极其悲痛。伏膺，同『服膺』，牢记于心。

④颠倒众生：佛家称人世。《圆觉经》：『一切众生从无始来，种种颠倒，犹如迷人四方易处。』

曾友于

曾翁，昆阳①故家也。翁初死未殓，两眶中泪出如沈，有子六，莫解所以。次子悌，字友于，邑名士，以为不祥，戒诸兄弟各自惕，勿贻痛于先人；而兄弟半迂笑之。

先是翁嫡配生长子成，至七八岁，母子为强寇掳去。娶继室，生三子：曰孝，曰忠，曰信。妾生三子：曰悌，曰仁，曰义。孝以悌等出身贱，鄙不齿，因连结忠、信为党。即与客饮，悌等过堂下，亦傲不为礼。仁、义皆忿，与友于谋欲相仇。友于百词宽譬②，不从所谋；而仁、义年最少，因兄言亦遂止。

孝有女适邑周氏，病死。纠悌等往挞其姑，悌不从。孝愤然，令忠、信合族中无赖子、往捉周妻，

掳掠无算，抛粟毁器，盎盂无存。周告官。官怒，拘孝等囚系之，将行申黜。友于惧，见宰自投。友于品行，素为宰重，诸兄弟以是得无苦。友于乃诣周所负荆③，周亦器重友于，讼遂止。

孝归，终不德友于。无何，友于母张夫人卒，孝等不为服，宴饮如故。仁、义益忿。友于曰：『此彼之无礼，于我何损焉。』及葬，把持墓门，不使合厝。友于乃瘗母隧道中。未几孝妻亡，友于招仁、义同往奔丧。二人曰：『「期」且不论，「功」于何有！』再劝之，哄然散去。友于乃自往，临哭尽哀。隔墙闻仁、义鼓且吹，孝怒，纠诸弟往殴之。友于操杖先从。入其家，仁觉先逃。兴方逾垣，友于自后击仆之。孝等拳杖交加，殴不止。友于横身障阻之。孝怒，让友于。友于曰：『责之者以其无礼也，然罪固不至死。我不怙弟恶，亦不助兄暴。如怒不解，身代之。』孝遂反杖挞友于，忠、信亦相助殴兄，声震里党，群集劝解，乃散去。友于即扶杖诣兄请罪。孝逐去之，不令居丧次。而义创甚，不复食饮。仁代具词讼官，诉其不为庶母行服。官签拘孝、忠、信，而令友于陈状。友于以面目损伤，不能诣署，但作词禀白，哀求寝息，宰遂消案。义亦寻愈。由是仇怨益深。仁、义皆幼弱，辄被敲楚。怨友于曰：『人皆有兄弟，我独无！』友于曰：『此两语，我宜言之，两弟何云！』因苦劝之，卒不听。友于遂扃户，携妻子借寓他所，离家五十余里，冀不相闻。

友于在家虽不助弟，而孝等尚稍有顾忌；既去，诸兄一不当，辄叫骂其门，辱侵母讳。仁、义度不能抗，惟杜门思乘间刺杀之，行则怀刀。

一日寇所掠长兄成，忽携妇亡归。诸兄弟以家久析，聚谋三日，竟无处可以置之。仁、义窃喜，招去共养之。往告友于。友于喜，归，共出田宅居成。诸兄怒其市惠，登门窘辱。而成久在寇中，习于威猛，大怒曰：『我归，更无人肯置一屋；幸三弟念手足，又罪责之。是欲逐我耶！』以石投孝，孝仆。仁、义各以杖出，捉忠、信，挞无数。成乃讼宰，宰又使人请教友于。友于诣宰，俯首不言，但有流涕。宰问之，曰：『惟求公断。』宰乃判孝等各出田产归成，使七分相准。自此仁、义与成倍加爱敬，谈及葬母事，因并泣下。成恚曰：『如此不仁，真禽兽也！』遂欲启圹更为改葬。仁奔告友于，友于急归谏止。成不听，刻期发墓，作斋于茔。以刀削树，谓诸弟曰：『所不衰麻[4]相从者，有如此树！』众唯唯。于是一门皆哭临，安厝尽礼。自此兄弟相安。

而成性刚烈，辄批挞诸弟，于孝尤甚。惟重友于，虽盛怒，友于至，一言即解。孝有所行，成辄不平之，故孝无一日不至友于所，潜对友于诟诅。友于婉谏，卒不纳。友于不堪其扰，又迁居三泊，去家益远，音迹遂疏。又二年，诸弟皆畏成，久亦相习。

而孝年四十六，生五子：长继业，三继德，嫡出；次继功，四继绩，庶出；又婢生继祖。皆成立。效父旧行，各为党，日相竞，孝亦不能呵止。惟祖无兄弟，年又最幼，诸兄皆得而诟厉之。岳家近三泊，会诣岳，迂道诣叔。入门见叔家两兄一弟，弦诵怡怡[5]，乐之，久居不言归。叔促之，哀求寄居。叔曰：『汝父母皆不知，我岂惜瓯饭瓢饮乎！』乃归。过数月夫妻往寿岳母，告父曰：『儿此行不归矣。』父诘之，因吐微隐。父虑与叔有夙隙，计难久居。祖曰：『父虑过矣。二叔圣贤也。』遂去，携妻之三泊。友于除舍居之，以齿儿行，使执卷从长子继善。祖最慧，寄籍三泊年余，入云南郡庠。与善闭户研读，祖又讽诵最苦。友于甚爱之。

自祖居三泊，家中兄弟益不相能。一日微反唇，业诟辱庶母。功怒，刺杀业。官收功，重械之，数日死狱中。业妻冯氏，犹日以骂代哭。功妻刘闻之，怒曰：『汝家男子死，谁家男子活耶！』操刀入，击杀冯，自投井死。冯父大立，悼女死惨，率诸子弟，藏兵衣底，往捉孝妾，裸挞道上以辱之。成怒曰：『我家死人如麻，冯氏何得复尔！』吼奔而出。诸曾从之，诸冯尽靡。成首捉大立，割其两耳。其子护救，继、绩以铁杖横击，折其两股。诸冯各被夷伤，哄然尽散。惟冯子犹卧道周。成夹之以肘，置诸冯村而还。遂呼绩诣官自首。冯状亦至。于是诸曾被收。

惟忠亡去，至三泊，徘徊门外。适友于率一子一侄乡试归，见忠，惊曰：『弟何来？』忠未语先泪，长跪道左。友于握手拽入，诘得其情，大惊曰：『似此奈何！然一门乖戾，逆知奇祸久矣；不然，我何以窜迹至此。但我离家久，与大令无声气之通，今即匐伏而往，徒取辱耳。但得冯父子伤重不死，吾三人中幸有捷者，则此祸或可少解。』乃留之，昼与同餐，夜与共寝。忠颇感愧。居十余日，见其叔侄如父子，兄弟如同胞，凄然下泪曰：『今始知从前非人也。』友于喜其悔悟，相对酸恻。俄报友于父子同科，祖亦副榜，大喜。不赴鹿鸣，先归展墓。明季科甲最重，诸冯皆为敛息。友于乃托亲友赂以金粟，资其医药，讼乃息。举家泣感友于，求其复归。友于乃与兄弟焚香约誓，俾各涤虑自新，遂移家还。

祖从叔不愿归其家。孝乃谓友于曰：『我不德，不应有亢宗之子；弟又善教，俾姑为汝子。有寸进时，可赐还也。』友于从之。又三年，祖果举于乡。使移家，夫妻皆痛哭而去。不数日，祖有子方三岁，亡归友于家，藏伯继善室，不肯返。捉去辄逃。孝乃令祖异居，与友于邻。祖开户通叔家。两间定省如一焉。时成渐老，家事皆取决于友于。从此门庭雍穆，称孝友[6]焉。

异史氏曰：天下惟禽兽止知母而不知父，奈何诗书之家往往蹈之也！夫门内之行，其渐渍子孙者，

直入骨髓。古云：其父盗，子必行劫，其流弊然也。孝虽不仁，其报亦惨，而卒能自知乏德，托子于弟，宜其有操心虑患之子也。若论果报犹迂也。

注释

①昆阳：州名，在今云南省晋宁县。

②宽譬：宽慰，劝说。

③负荆：指请罪。《史记·廉颇蔺相如列传》：『廉颇闻之，肉袒负荆，因宾客至蔺相如门谢罪。』荆，荆条。

④衰麻：披麻戴孝。衰，古代用粗麻布制成的毛边丧服。

⑤怡怡：和顺的样子。《论语·子路》：『朋友切切偲偲，兄弟怡怡。』

⑥孝友：孝敬父母，友爱兄弟。《诗·小雅·六月》：『侯谁在矣，张仲孝友。』

薛慰娘

丰玉桂，聊城儒生也，贫无生业。万历间，岁大祲①，孑然南遁。及归，至沂而病。力疾行数里，至城南丛葬处，益惫，因傍冢卧。忽如梦，至一村，有叟自门中出，邀生入。屋两楹，亦殊草草。室内一女子，年十六七，仪容慧雅。叟使瀹②柏枝汤，以陶器供客。因诘生里居、年齿，既已，乃曰：『洪都姓李，平阳族。流寓此间今三十二年矣。君志此门户，余家子孙如见探访，即烦指示之。老夫不敢忘义。义女慰娘颇不丑，可配君子。三豚儿到日，即遣主盟。』生喜，拜曰：『犬马齿③二十有二，尚少良配。惠以眷好固佳；但何处得翁之家人而告诉也？』叟曰：『君但住北村中，相待月余，自有来者，止求不惮烦耳。』生恐其言不信，要之曰：『实告翁：仆故家徒四壁，恐后日不如所望，中道之弃，人所难堪。即无姻好，亦不敢不守季路之诺，即何妨质言之也？』叟笑曰：『君欲老夫旦旦④耶？我稔知君贫。此订非专为君，慰娘孤而无倚，相托已久，不忍听其流落，故以奉君子耳。何见疑！』即捉臂送生出，拱手合扉而去。

生觉，则身卧冢边，日已将午。渐起，次且⑤入村，村人见之皆惊，谓其已死道旁经日矣。顿悟叟即冢中人也，隐而不言，但求寄寓。村人恐其复死，莫敢留。村有秀才与同姓，闻之，趋诘家世，盖生缌服叔也。喜导至家，饵治之，数日寻愈。因述所遇，叔亦惊异，遂坐待以觇其变。居无何，果有官人至村，访父墓址，自言平阳进士李叔向。先是其父李洪都，与同乡某甲行贾，死于沂，某因瘗诸丛葬处。既归某亦死。是时翁三子皆幼。长伯仁，举进士，令淮南。数遣人寻父墓，迄无知者。次

仲道，举孝廉。叔向最少，亦登第。于是亲求父骨，至沂遍访。

是日至，村人皆莫识。生乃引至墓所，指示之。叔向未敢信，生为具陈所遇，叔向奇之。审视两坟相接，或言三年前有宦者，葬少妾于此。叔向恐误发他冢，生遂以所卧处示之。叔向命舁材其侧，始发冢。冢开，则见女尸，服妆黯败，而粉黛如生。叔向知其误，骇极，莫知所为。而女已顿起，四顾曰：『三哥来耶？』叔向惊，就问之，则慰娘也。乃解衣蔽覆，舁归逆旅。急发傍冢，冀父复活。既发，则肤革犹存，抚之僵燥，悲哀不已。装敛入村，清醮[6]七日；女亦若女。忽告叔向曰：『曩阿翁有黄金二锭，曾分一为妾作奁。妾以孤弱无藏所，仅以丝线縈腰，而未将去，兄得之否？』叔向不知，乃使生反求诸圹，果得之，一如女言。叔向仍以线志者分赠慰娘。暇乃审其家世。

先是，女父薛寅侯无子，止生慰娘，甚钟爱之。一日女自金陵舅氏归，将媪问渡。操舟者乃金陵媒也。适有宦者任满赴都，遣觅美妾，凡历数家，无当意者，将为扁舟诣广陵。忽遇女，隐生诡谋，急招附渡。媪素识之，遂与共济。中途投毒食中，女妪皆迷。推妪堕江，载女而返，以重金卖诸宦者。入门嫡始知，怒甚。女又惘然，莫知为礼，遂挞楚而囚禁之。北渡三日，女方醒。婢言始末，女大泣。一夜宿于沂，自经死，乃瘗诸乱冢中。女在墓，为群鬼所凌，李翁时呵护之，女乃父事翁。翁曰：『汝命合不死，当为择一快婿。』前生既见而出，反谓女曰：『此生品谊可托。待汝三兄至，为汝主婚。』一日曰：『汝可归候，汝三兄将来矣。』盖即发墓之日也。女于丧次，为叔向缅述之。

叔向叹息良久，乃以慰娘为妹，俾从李姓。略买衣妆，遣归生，且曰：『资斧无多，不能为妹子办妆。意将偕归，以慰母心，何如？』女亦欣然。于是夫妻从叔向，辇柩并发。及归，母诘

得其故，爱逾所生，馆诸别院。丧次，女哀悼过于儿孙。母益怜之，不令东归，嘱诸子为之买宅。

适有冯氏卖宅，直六百金，仓猝未能取盈，暂收契券，约日交兑。及期冯早至，适女亦从别院入省母，突见之，绝似当年操舟人，冯见亦惊。女趋过之。两兄亦以母小恙，俱集母所。女问：『厅前踱者为谁？』仲道曰：『此必前日卖宅者也。』即起欲出。女止之，告以所疑，使诘难之。仲道诺而出，则冯已去，而巷南塾师薛先生在焉。因问：『何来？』曰：『昨夕冯某浼早登堂，一署券保。适途遇之，云偶有所忘，暂归便返，使仆坐以待之。』少间，生及叔向皆至，遂相攀谈。慰娘以冯故，潜来屏后窥客，细视之，则其父也。突出，持抱大哭。翁惊涕曰：『吾儿何来！』众始知薛即寅侯也。仲道虽与街头常遇，初未悉其名字。至是共喜，为述前因，设酒相庆。因留信宿，自道行踪。盖失女后，妻以悲死，鳏居无依，故游学至此也。生约买宅后，迎与同居。翁次日往探，冯则举家遁去，乃知杀媪卖女者即其人也。冯初至平阳，贸易成家；比年赌博，日就消乏，故货居宅，卖女之资，亦濒尽矣。慰娘得所，亦不甚仇之，但择日徙居，更不追其所往。李母馈遗不绝，一切日用皆供给之。生遂家于平阳，但归试甚苦。幸于是科得举孝廉。

慰娘富贵，每念媪为己死，思报其子。媪夫姓殷，一子名富，好博，贫无立锥。一日博局争注，殴杀人命，亡归平阳，远投慰娘。生遂留之门下。研诘所杀姓名，盖即操舟冯某也。骇叹久之，因为道破，乃知冯即杀母仇人也。益喜，遂役生家。薛寅侯就养于婿，婿为买妇，生子女各一焉。

注释

①岁大祲：灾荒年。岁，一年的收成。祲，天灾。

②瀹：泡、煮。
③犬马齿：自称年龄的谦词。齿，年龄。
④旦旦：盟誓。《诗·卫风·氓》："言笑晏晏，信誓旦旦。"
⑤次且：同"趑趄"，犹豫不前。
⑥清醮：旧时为超度亡灵请僧人道士所举行的一种仪式。举行这种仪式要清心食素，故称为清醮。

王桂庵

王樨字桂庵，大名世家子。适南游。泊舟江岸。临舟有榜人[①]女绣履其中，风姿韶绝。王窥既久，女若不觉。王朗吟"洛阳女儿对门居[②]"，故使女闻。女似解其为己者，略举首一斜瞬之，俯首绣如故。王神志益驰，以金一锭投之，堕女襟上；女拾弃之，金落岸边。王拾归，益怪之，又以金钏掷之，堕足下；女操业不顾。无何榜人自他归，王恐其见钏研诘，心急甚；女从容以双钩覆蔽之。榜人解缆径去。

王心情丧惘，痴坐凝思。时王方丧偶，悔不即媒定之。乃询舟人，皆不识其何姓。返舟急追之，杳不知其所往。不得已返舟而南。务毕北旋，又沿江细访，并无音耗。抵家，寝食皆萦念之。逾年复南，买舟江际若家焉。日日细数行舟，往来者帆楫皆熟，而曩舟殊杳。居半年资罄而归。行思坐想，不能少置。一夜梦至江村，过数门，见一家柴扉南向，门内疏竹为篱，意是亭园，径入。有夜合[③]一株，红丝满树。隐念：诗中"门前一树马缨花"，此其是矣。过数武，苇笆光洁。又入之，

见北舍三楹，双扉阖焉。南有小舍，红蕉蔽窗。探身一窥，则架当门，画裙其上，知为女子闺闼，愕然却退；而内亦觉之，有奔出瞰客者，粉黛微呈，则舟中人也。喜出望外，曰：『亦有相逢之期乎！』方将狎就，女父适归，倏然惊觉，始知是梦。景物历历，如在目前。秘之，恐与人言，破此佳梦。

又年余再适镇江。郡南有徐太仆，与有世谊，招饮。信马而去，误入小村，道途景象，仿佛平生所历。一门内马缨一树，梦境宛然。骇极，投鞭而入。种种物色，与梦无别。再入，则房舍一如其数。梦既验，不复疑虑，直趋南舍，舟中人果在其中。遥见王，惊起，以扉自幛，叱问：『何处男子？』王逡巡间，犹疑是梦。女见步趋甚近，然扃户。王曰：『卿不忆掷钏者耶？』备述相思之苦，且言梦征。女隔窗审其家世，王具道之。女曰：『既属宦裔，中馈必有佳人，焉用妾？』王曰：『非以卿故，婚娶固已久矣！』女曰：『果如所云，足知君心。妾此情难告父母，然亦方命而绝数家。金钏犹在，料锺情者必有耗问耳。父母偶适外戚，行且至。君姑退，倩冰委禽，计无不遂；若望以非礼成耦，则用心左矣。』王仓卒欲出。女遥呼王郎曰：『妾芸娘，姓孟氏。父字江蓠。』王记而出。罢筵早返，谒江蓠。江迎入，设坐篱下。王自道家阀，即致来意，兼纳百金为聘。翁曰：『息女已字矣。』王曰：『讯之甚确，固待聘耳，何见绝之深？』翁曰：『适间所说，不敢为诳。』王神情俱失，拱别而返。当夜辗转，无人可媒。向欲以情告太仆，恐娶榜人女为先生笑；今情急无可为媒，质明诣太仆，实告之。太仆曰：『此翁与有瓜葛，是祖母嫡孙，何不早言？』王始吐隐情。太仆疑曰：『江蓠固贫，素不以操舟为业，得毋误乎？』乃遣子大郎诣孟，孟曰：『仆虽空匮，非卖婚者。曩公子以金自媒，谅仆必为利动，故不敢附为婚姻。既承先生命，必无错谬。但顽女颇恃娇爱，好门户辄便拗却④，不得不与商榷，免他日怨婚也。』遂起，少入而返，拱手一如尊命，约期乃别。大郎复命，王乃盛备禽妆，纳采于孟，假馆太仆之家，亲迎成礼。

居三日，辞岳北归。夜宿舟中，问芸娘曰：『向于此处遇卿，固疑不类舟人子。当日泛舟何之？』答云：『妾叔家江北，偶借扁舟一省视耳。妾家仅可自给，然傥来物[⑤]颇不贵视之。笑君双瞳如豆，屡以金资动人。初闻吟声，知为风雅士，又疑为儇薄子作荡妇挑之也。使父见金钏，君死无地矣。妾怜才心切否？』王笑曰：『卿固黠甚，然亦堕吾术矣！』女问：『何事？』王止而不言。又固诘之，乃曰：『家门日近，此亦不能终秘。实告卿：我家中固有妻在，吴尚书女也。』芸娘不信，王故壮其词以实之。芸娘色变，默移时，遽起，奔出；王屣履[⑥]追之，则已投江中矣。王大呼，诸船惊闹，夜色昏蒙，惟有满江星点而已。王悼痛终夜，沿江而下，以重价觅其骸骨，亦无见者。

悒悒而归，忧痛交集。又恐翁来视女，无词可对。有姊丈官河南，遂命驾造之，年余始归。途中遇雨，休装民舍，见房廊清洁，有老妪弄儿厦间。儿见王入，即扑求抱，王怪之。又视儿秀婉可爱，揽置膝头，妪唤之不去。少顷雨霁，王举儿付妪，下堂趣装。儿啼曰：『阿爹去矣！』妪耻之，呵之不止，强抱而去。王坐待治任，忽有丽者自屏后抱儿出，则芸娘也。方诧异间，芸娘骂曰：『负心郎！遗此一块肉，焉置之？』王乃知为己子。酸来刺心，不暇问其往迹，先以前言之戏，矢日自白。芸娘始反怒为悲，相向涕零。先是，第主莫翁，六旬无子，携媪往朝南海。归途泊江际，芸娘随波下，适触翁舟。翁命从人拯出之，疗控终夜始渐苏。翁媪视之，是好女子，甚喜，以为己女，携归。居数月，欲为择婿，女不可。逾十月，生一子，名曰寄生。王避雨其家，寄生方周岁也。王于是解装，入拜翁媪，遂为岳婿。居数日，始举家归。至，则孟翁坐待已两月矣。翁初至，见仆辈情词恍惚，心颇疑怪；

既见始共欢慰。历述所遭，乃知其枝梧[7]者有由也。

注释

①榜人：船家，船夫。

②洛阳女儿对门居：出自唐代诗人王维《洛阳女儿行》：『洛阳女儿对门居，才可容颜十五余。谁怜越女颜如玉，贫贱江头自浣纱。』

③夜合：夜合花，合欢的别名，亦称马缨花。

④拗却：坚绝地拒绝。

⑤傥来物：无意间得到的财物。《庄子·缮性》：『物之傥来，寄也。』疏：『傥者，意外忽来者耳。』

⑥屣履：趿拉着鞋，匆忙间来不及穿鞋。

⑦枝梧：敷衍搪塞。

田子成

江宁田子成，过洞庭舟覆而没。子良耜，明季[1]进士，时在抱中。妻杜氏闻讣，仰药而死。良耜受庶祖母抚养成立，筮仕湖北。年余，奉宪命营务湖南，至洞庭痛哭而返。自告才力不及，降县丞，隶汉阳，辞不就。院司[2]强督促之乃就。辄放荡江湖间，不以官职自守。

一夕舣舟江岸，闻洞箫声，抑扬可听。乘月步去，约半里许，见旷野中茅屋数椽，荧荧灯火。近窗窥之，有三人对酌其中，上座一秀才年三十许；下座一叟；侧座吹箫者年最少。吹竟，叟

击节赞佳。秀才面壁吟思，若罔闻。叟曰：『卢十兄必有佳作，请长吟，俾得共赏之。』秀才乃吟曰：『满江风月冷凄凄，瘦草零花化作泥。千里云山飞不到，梦魂夜夜竹桥西。』吟声怆恻。叟笑曰：『卢十兄故态作矣！』因酌以巨觥，曰：『老夫不能属和，请歌以侑酒。』乃歌『兰陵美酒』之什。歌已，一座解颐。

少年起曰：『我视月斜何度矣。』突出见客，拍手曰：『窗外有人，我等狂态尽露也！』遂挽客入，共一举手。叟使与少年相对坐。试其杯皆冷酒，辞不饮。少年知其意，即起，以苇炬燎壶而进之。良耜亦命从者出钱行沽，叟固止之。因讯邦族，良耜具道生平。叟致敬曰：『吾乡父母也。少君姓江，此间土著。』指少年曰：『此江西杜野侯。』又指秀才：『此卢十兄，与公同乡。』卢自见良耜，殊偃蹇③不甚为礼。良耜因问：『家居何里？如此清才，殊④早不闻。』答曰：『流寓已久，亲族恒不相识，可叹人也！』言之哀楚。叟摇手乱之曰：『好客相逢，不理觞政，聒絮如此，厌人听闻！』遂把杯自饮，曰：『一令请共行之，不能者罚。每掷三色，以相逢为率，须一古典相合。』乃掷得幺二三，唱曰：『三加幺二点相同，鸡黍三年约范公：朋友喜相逢。』次少年，掷得双二单四，曰：『不读书人，但见俚典，勿以为笑。四加双二点相同，四人聚义古城中：兄弟喜相逢。』卢得双幺单二，曰：『二加双幺点相同，吕向两手抱老翁：父子喜相逢。』良耜掷，复与卢同，曰：『二加双幺点相同，茅容二簋款林宗：主客喜相逢。』

令毕，良耜兴辞。卢始起，曰：『故乡之谊，未遑倾吐，何别之遽？将有所问，愿少留也。』良耜复坐，问：『何言？』曰：『仆有老友某，没于洞庭，与君同族否？』良耜曰：『是先君⑤也，何以相识？」曰：「少时相善。没日惟仆见之，因收其骨，葬江边耳。」良耜出涕下拜，求指墓所。卢曰：「明日来此，当指示之。要亦易辨，去此数武，但见坟上有丛芦十茎者是也。」良耜洒涕，与众拱别。

至舟终夜不寝，念卢情词似皆有因。不能待旦，昧爽而往，则舍宇全无，益骇。因遵所指处寻墓，果得之。丛芦其上，数之，适符其数。恍然悟卢十兄之称，皆其寓言；所遇乃其父之鬼也。细问土人，则二十年前，有高翁富而好善，溺水者皆拯其尸而埋之，故有数坟在焉。遂发冢负骨，弃官而返。归告祖母，质其状貌皆确。江西杜野侯，乃其表兄，年十九，溺于江；后其父流寓江西。又悟杜夫人殁后，葬竹桥之西，故诗中忆之也。但不知叟何人耳。

注释

①明季：即明朝末年。

②院司：院，巡抚衙门；司，布政使司，主管全省财赋和官员的调遣任免。

③偃蹇：傲慢。

④殊：竟然。

⑤先君：对已死的父亲的称谓。

寄生（附）

寄生字王孙，郡中名士。父母以其襁褓认父，谓有夙惠，钟爱之。长益秀美，八九岁能文，十四入郡庠。每自择偶。父桂庵有妹二娘，适郑秀才子侨，生女闺秀，慧艳绝伦。王孙见之，心切爱慕，积久寝食俱废。父母大忧，苦研诘之，遂以实告。父遣冰于郑；郑性方谨，以中表为嫌却之。王孙愈病，母计无所出，阴婉致二娘，但求闺秀一临存[①]之。郑闻益怒，出恶声焉。父母既绝望，听之而已。

郡有大姓张氏，五女皆美；幼者名五可，尤冠诸姊，择婿未字。一日上墓，途遇王孙，自舆中窥见，归以白母。母沈知其意，见媒媪于氏，微示之。媪遂诣王所。时王孙方病，讯知笑曰：『此病老身能医之。』芸娘问故。媪述张氏意，极道五可之美。芸娘喜，使媪往候王孙。媪入，抚王孙而告之。王孙摇首曰：『医不对症，奈何！』媪笑曰：『但问医良否耳：其良也，召和而缓至，可矣；执其人以求之，守死而待之，不亦痴乎？』王孙欷歔曰：『但天下之医无愈和者。』媪曰：『何见之不广也？』遂以五可之容颜发肤，神情态度，口写而手状之。王孙又摇首曰：『媪休矣！此余愿所不及也。』反身向壁，不复听矣。媪见其志不移，遂去。

一日王孙沉痼中，忽一婢入曰：『所思之人至矣！』喜极，跃然而起。急出舍，则丽人已在庭中。细认之，却非闺秀，着松花色细褶绣裙，双钩微露，神仙不啻也。拜问姓名，答曰：『妾，五可也。君深于情者，而独锺闺秀，使人不平。』王孙谢曰：『生平未见颜色，故目中止一闺秀。今知罪矣！』遂与要誓[②]。方握手殷殷，适母来抚摩，遽然而觉，则一梦也。回思声容笑貌，宛在目中。阴念：五可果如所梦，何必求所难遘，因而以梦告母。母喜其念少夺，急欲媒之。

王孙恐梦见不的，托邻妪素识张氏者，伪以他故诣之，嘱其潜相[③]五可。妪至其家，五可方病，靠枕支颐，婀娜之态，倾绝一世。近问：『何恙？』女默然弄带，不作一语。母代答曰：『非病也。

连日与爹娘负气耳！』妪问故。曰：『诸家问名，皆不愿，必如王家寄生者方嫁。是为母者劝之急，遂作意不食数日矣。』妪笑曰：『娘子若配王郎，真是玉人成双也。渠若见五娘，恐又憔悴死矣！我归即令倩冰，如何？』五可止之曰：『姥勿尔！恐其不谐，益增笑耳！』妪锐然以必成自任，五可方微笑。妪归复命，一如媪言。王孙详问衣履，亦与梦合，大悦。意虽稍舒，然终不以人言为信。过数日渐瘳，秘招于媪来，谋以亲见五可。媪难之，姑应而去。久之不至。方欲觅问，媪忽忻然来曰：『机幸可图。五娘向有小恙，因令婢辈将扶，移过对院。公子往伏伺之，五娘行缓涩，委曲可以尽睹矣。』王孙喜，明日，命驾早往，媪先在焉。即令絷马村树。引入临路舍，设座掩扉而去。少间五可果扶婢出，王孙自门隙目注之。女从门外过，媪故指挥云树以迟纤步，王孙窥觇尽悉，意颤不能自持。未几媪至，曰：『可以代闺秀否？』王孙申谢而返，始告父母，遣媒要盟。及妁往，则五可已别字矣。

王孙失意，悔闷欲死，即刻复病。父母忧甚，责其自误。王孙无词，惟日饮米汁一合。积数日，鸡骨支床，较前尤甚。媪忽至，惊曰：『何惫之甚？』王孙涕下，以情告。媪笑曰：『痴公子！前日人趁汝来，而故却之；今日汝求人，而能必遂耶？虽然，尚可为力。早与老身谋，即许京都皇子，能夺还也。』王孙大悦，求策。媪命函启遣，约次日候于张所。桂庵恐以唐突见拒，媪曰：『前与张公业有成言，延数日而遽悔之；且彼字他家，尚无函信。谚云：「先炊者先餐。」何疑也！』桂庵从之。次日二仆往，并无异词，厚犒而归。王孙病顿起。由此闺秀之想遂绝。

初，郑子侨却聘，闺秀颇不怿；及闻张氏婚成，心愈抑郁，遂病，日就支离。父母诘之不肯言。婢窥其意，隐以告母。郑闻之，怒不医，以听其死。二娘怼曰：『吾侄亦殊不恶，何守头巾戒，杀

吾娇女！』郑恚曰：『若所生女，不如早亡，免贻笑柄！』以此夫妻反目。二娘故与女言，将使仍归王孙若为媵。女俯首不言，意若甚愿。二娘商郑，郑更怒，一付二娘，置女度外，不复预闻。二娘爱女切，欲实其言。女乃喜，病渐瘥。窃探王孙，亲迎有日矣。及期以侄完婚，伪欲归宁，昧旦，使人求仆舆于兄。兄最友爱，又以居村邻近，遂以所备亲迎车马，先迎二娘。既至，则妆女入车，使两仆两媪护送之。到门，以毡贴地而入。时鼓乐已集，从仆叱令吹擂，一时人声沸聒。王孙奔视，则女子以红帕蒙首，骇极欲奔；郑仆夹扶，便令交拜。王孙不知何由，即便拜讫。二媪扶女，径坐青庐，始知其闺秀也。举家皇乱，莫知所为。

时渐濒暮，王孙不复敢行亲迎之礼。桂庵遣仆以情告张；张怒，遂欲断绝。五可不肯，曰：『彼虽先至，未受雁采；不如仍使亲迎。』父纳其言，以对来使。使归，桂庵终不敢从。相对筹思，喜怒俱无所施。张待之既久，知其不行，遂亦以舆马送五可至，因另设青帐于别室。

王孙周旋两间，蹀躞无以自处。母乃调停于中，使序行以齿，二女皆诺。及五可闻闺秀差长，称『姊』有难色。母甚虑之。比三朝公会，五可见闺秀风致宜人，不觉右之，自是始定。然父母恐其积久不相能，而二女却无间言，衣履易着，相爱如姊妹焉。

王孙始问五可却媒之故，笑曰：『无他，聊报君之却于媪耳。尚未见妾，意中止有闺秀；即见妾，亦略靳④之，以觇君之视妾，较闺秀何如也。使君为伊病，而不为妾病，则亦不必强求容矣。』王孙笑曰：『报亦惨矣！然非于媪，何得一觐芳容。』五可曰：『是妾自欲见君，媪何能为。过舍门时，岂不知眈眈者在内耶。梦中业相要，何尚未知信耶？』王孙惊问：『何知？』曰：『妾病中梦至君家，以为妄；后闻君亦梦，妾乃知魂魄真到此也。』王孙异之，遂述所梦，时日悉符。父子之良缘，皆以梦成，亦奇情也。故并志之。

异史氏曰：父痴于情，子遂几为情死。所谓情种，其王孙之谓欤？不有善梦之父，何生离情之子哉！

注释

①临存：亲自来探问。

②要誓：订约。此处指订下婚约。

③潜相：偷偷地看。

④靳：吝惜。此处指迟疑。

公孙夏

保定有国学生某，将入都纳资，谋得县尹。方趣装而病，月余不起。忽有僮入曰：『客至。』某亦忘其疾，趋出逆客。客华服类贵者。三揖入舍，叩所自来。客曰：『仆，公孙夏，十一皇子坐客[1]也。闻治装将图县秩，既有是志，太守不更佳耶？』某逊谢，但言：『资薄，不敢有奢愿。』客请效力，俾出半资，约于任所取盈。某喜求策，客曰：『督抚皆某昆季[2]之交，暂得五千缗，其事济矣。目前真定缺员，便可急图。』某讶其本省，客笑曰：『君迂矣！但有孔方在，何问吴、越桑梓耶？』某终踌躇，疑其不经[3]，客曰：『无须疑惑。实相告：此冥中城隍缺也。君寿终已注死籍。乘此营办，尚可以致

冥贵。』即起告别，曰：『君且自谋，三日当复会。』遂出门跨马去，某忽开眸，与妻子永诀。命出藏镪，市楮锭万提，郡中是物为空。堆积庭中，杂刍灵鬼马，日夜焚之，灰高如山。

三日客果至。某出资交兑，客即导至部署，见贵官坐殿上，某便伏拜。贵官略审姓名，便勉以『清廉谨慎』等语。乃取凭文，唤至案前与之。某稽首出署。自念监生卑贱，非车服炫耀，不足震慑曹属。于是益市舆马，又遣鬼役以彩舆迓④其美妾。区画方已，真定卤簿已至。途百里余，一道相属，意甚得。忽前导者钲息旗靡，惊疑间骑者尽下，悉伏道周；人小径尺，马大如狸。车前者骇曰：『关帝⑤至矣！』某惧，下车亦伏，遥见帝君从四五骑，缓辔而至。须多绕颊，不似世所模肖者；而神采威猛，目长几近耳际。马上问：『此何官？』从者答：『真定守。』帝君曰：『区区一郡，何直得如此张皇！』某闻之，洒然毛悚；身暴缩，自顾如六七岁儿。帝君令起，使随马踪行。道旁有殿宇，帝君入，南向坐，命以笔札，俾自书乡贯姓名。某书已，呈进；帝君视之，怒曰：『字讹误不成形象！此市侩耳，何足以任民社！』又命稽其德籍。旁一人跪奏，不知何词。帝君厉声曰：『干进罪小，卖爵罪重！』旋见金甲神绾锁去。遂有二人捉某，褫去冠服，笞五十，臀肉几脱，逐出门外。四顾车马尽空，痛不能步，偃息草间。细认其处，离家尚不甚远。幸身轻如叶，一昼夜始抵家。

豁若梦醒，床上呻吟。家人集问，但言股痛。盖瞑然若死者已七日矣，至是始寤。便问：『阿怜何不来。』盖妾小字也。先是，阿怜方坐谈，忽曰：『彼为真定太守，差役来接我矣。』乃入室丽妆，妆竟而卒，才隔夜耳。家人述其异。某悔恨爬胸，命停尸勿葬，冀其复还。数日杳然，乃葬之。某病渐瘳，但股疮大剧，半年始起。每自曰：『官资尽耗，而横被冥刑，此尚可忍；但爱妾不知舁向何所，清夜所难堪耳。』异史氏曰：『嗟夫！市侩固不足南面哉！冥中既有线索，恐夫子马踪所不及到，作威福者正不胜诛耳。吾乡郭华野先生传有一事，与此颇类，亦人中之神也。先生以清鲠受主知，再起总制荆楚。行李萧然[⑥]，惟四五人从之，衣履皆敝陋，途中人皆不知为贵官也。适有新令赴任，道与相值。驼车二十余乘，前驱数十骑，驺从百计。先生亦不知其何官，时先之，时后之，时以数骑杂其伍。彼前马者怒其扰，辄呵却之。先生亦不顾瞻。亡何，至一巨镇，两俱休止。乃使人潜访之，则一国学生，加纳赴任湖南者也。乃遣一价召之使来。令闻呼骇疑；及诘官阀，始知为先生，悚惧无以为地，冠带匍伏而前。先生问：「汝即某县县尹耶？」答曰：「然。」先生曰：「蕞尔一邑，何能养如许驺从？履任，则一方涂炭矣！不可使殃民社，可即旋归，勿前矣。」令叩首曰：「下官尚有文凭。」先生即令取凭，审验已，曰：「此亦细事，代若缴之可耳。」令伏拜而出，归途不知何以为情，而先生行矣。世有未莅任而已受考成[⑦]者，实所创闻。盖先生奇人，故信其有此快事耳。』

注释

①坐客：受到礼遇的宾客。

②昆季：兄弟。长者为昆，幼者为季。

③不经：妄诞，不合常理。

④迓：迎接。

⑤关帝：即三国时蜀将关羽。

⑥萧然：稀少。

⑦考成：在一定期限内考核官吏的政绩。

姬生

南阳[①]鄂氏患狐，金钱什物，辄被窃去。迕之祟益甚。鄂有甥姬生，名士不羁，焚香代为祷免，卒不应；又祝舍外祖使临己家，亦不应。众笑之，生曰：『彼能幻变，必有人心。我固将引之俾入正果。』数日辄一往祝之。虽不见验，然生所至狐遂不扰，以故鄂常止生宿。生夜望空请见，邀益坚。一日生归，独坐斋中，忽房门缓缓自开。生起，致敬曰：『狐兄来耶？』殊寂无声。又一夜门自开，生曰：『倘是狐兄降临，固小生所祷祝而求者，何妨即赐光霁？』却又寂然。案头有钱二百，及明失之。生至夜增以数百。中宵闻布幄铿然，生曰：『来耶？敬具时铜数百备用。仆虽不充裕，然非鄙吝者。若缓急有需，无妨质言，何必盗窃？』少间视钱，脱去二百。生仍置故处，数夜不复失。有熟鸡，欲供客而失之。生至夕又益以酒，而狐从此绝迹矣。

鄂家祟如故。生又往祝曰：『仆设钱而子不取，设酒而子不饮；我外祖衰迈，无为久祟之。仆备有不腆之物，夜当凭汝自取。』乃以钱十千、酒一樽，两鸡皆聂切[②]，陈几上。生卧其傍，终夜无声，钱物如故。狐怪从此亦绝。生一日晚归，启斋门，见案上酒一壶，鸡[③]盈盘；钱四百，以赤绳贯之，即前日所失物也。知狐之报。嗅酒而香，酌之色碧绿，饮之甚醇。壶尽半酣，觉心中贪念顿生，蓦然欲作贼，便启户出。思村中一富室，遂往越其墙。墙虽高，一跃上下，如有翅翎。入其斋，窃取貂裘、金鼎而出，归置床头，始就枕眠。

天明携入内室，妻惊问之，生嗫嚅而告，有喜色。妻骇曰：『君素刚直，何忽作贼！』生恬然不为怪，因述狐之有情。妻恍然悟曰：『是必酒中之狐毒也。』因念丹砂可以却邪，遂研入酒，饮生，少顷，生忽失声曰：『我奈何做贼！』妻代解其故，爽然自失。又闻富室被盗，噪传里党。生终日不食，莫知所处。妻为之谋，使乘夜抛其墙内。生从之。富室复得故物，事亦遂寝。

生岁试冠军，又举行优，应受倍赏。及发落之期，道署梁上粘一帖云：『姬某作贼，偷某家裘、鼎，何为行优？』梁最高，非跋足可粘。文宗疑之，执帖问生。生愕然，思此事除妻外无知者；况署中深密，何由而至？因悟曰：『此必狐之为也。』遂缅述无讳，文宗赏礼有加焉。生每自念无取罪于狐，所以屡陷之者，亦小人之耻独为小人耳。

异史氏曰：生欲引邪入正，而反为邪惑。狐意未必大恶，或生以谐引之，狐亦以戏弄之耳。然非身有夙根，室有贤助，几何不如原涉所云，家人寡妇，一为盗污遂行淫哉！吁！可惧也！

吴木欣云：『康熙甲戌，一乡科令浙中，点稽囚犯，有窃盗已刺字[4]讫，例应逐释。令嫌「窃」字减笔从俗，非官板正字，使刮去之；候创平，依字汇中点画形象另刺之。盗口占一绝云：「手把菱花[5]仔细看，淋漓鲜血旧痕斑。早知面上重为苦，窃物先防识字官。」禁卒笑之曰：「诗人不求功名，而乃为盗？」盗又口占答之云：「少年学道志功名，只为家贫误一生。冀得资财权子母，囊游燕市博恩荣。」』即此观之，秀才为盗，亦仕进之志也。狐授姬生以进取之资，而返悔为所误，迂哉！一笑。

注释

①南阳：旧府名，在今河南省南阳市。

②聂切：切成薄片。《礼记·少仪》：『牛与羊鱼之腥，聂而切之为脍也。』

③燀鸡：烧鸡。燀，烧。

④刺字：古代的一种墨刑。

⑤菱花：镜子。

纫针

虞小思，东昌[①]人。居积为业。妻夏，归宁返，见门外一妪，偕少女哭甚哀。夏诘之。妪挥泪相告。乃知其夫王心斋，亦宦裔也。家中落无衣食业，浼中保贷富室黄氏金作贾。中途遭寇，丧资，幸不死。至家，黄索偿，计子母不下三十金，实无可准抵。黄窥其女纫针美，将谋作妾。使中保质告之：如肯，可折债外，仍以廿金压券。王谋诸妻，妻泣曰：『我虽贫，固簪缨之胄[②]。彼以执鞭[③]发迹，何敢遂媵吾女！况纫针固自有婿，汝何得擅作主！』先是，同邑傅孝廉之子，与王投契，生男阿卯，与襁中论婚。后孝廉官于闽，年余而卒。妻子不能归，音耗俱绝。以故纫针十五尚未字也。妻言及此，王无词，但谋所以为计。妻曰：『不得已，其试谋诸两弟。』盖妻范氏，其祖曾任京职，两孙田产尚多也。次日妻携女归告两弟，两弟任其涕泪，并无一词肯为设处。范乃号啼而归。适逢夏诘，且诉且哭。夏怜之；视其女绰约可爱，益为哀楚。遂邀入其家，款以酒食，慰之曰：『母子勿戚：妾当竭力。』母范未遑谢，女已哭伏在地，益加惋惜。筹思曰：『虽有薄蓄，然三十金亦复大难。当典质相付。』母女拜谢。夏以三日为约。别后百计为之营谋，亦未敢告诸其夫。三日未满其数，又使人假诸其母。范

母女已至，因以实告。又订次日。抵暮假金至，合裹并置床头。

至夜有盗穴壁以火入，夏觉，睨之，见一人臂跨短刀，状貌凶恶。大惧，不敢作声，伪为睡者。盗近箱，意将发扃。回顾，夏枕边有裹物，探身攫去，就灯解视；乃入腰橐，不复箧④而去。夏乃起呼。家中唯一小婢，隔墙呼邻，邻人集而盗已远。夏乃对灯啜泣。见婢睡熟，乃引带自经于棂间。天曙婢觉，呼人解救，四肢冰冷。虞闻奔至，诘婢始得其由，惊涕营葬。时方夏，尸不僵，亦不腐。过七日乃殓之。既葬。纫针潜出，哭于其墓。暴雨忽集，霹雳大作，发墓，纫针震死。虞闻奔验，则棺木已启，妻呻嘶其中，抱出之。见女尸，不知为谁。夏审视，始辨之。方相骇怪。未几范至，见女已死，哭曰：『固疑其在此，今果然矣！闻夫人自缢，日夜不绝声。今夜语我，欲哭于殡宫，我未之应也。』夏感其义，遂与夫言，即以所葬材穴葬之。范拜谢。虞负妻归，范亦归告其夫。

闻村北一人被雷击死于途，身有字云：『偷夏氏金贼。』俄闻邻妇哭声，乃知雷击者即其夫马大也。村人白于官，官拘妇械鞫，则范氏以夏之措金赎女，对人感泣，马大赌博无赖，闻之而盗心遂生也。官押妇搜赃，则止存二十数；又检马尸得四数。官判卖妇偿补责还虞。夏益喜，全金悉仍付范，俾偿债主。

葬女三日，夜大雷电以风，坟复发，女亦顿活。不归其家，往扣夏氏之门。夏惊起，隔扉问之。女曰：『夫人果生耶！我纫针耳。』夏骇为鬼，呼邻媪诘之，知其复活，喜内入室。女自言：『愿从夫人服役，不复归矣。』夏曰：『得无谓我损金为买婢耶？汝葬后，债已代偿，可勿见猜。』女益感泣，愿以母事。夏不允，女曰：『儿能操作，亦不坐食。』天明告范，范喜，急至。亦从女意，即以属夏。范去，夏强送女归。女啼思夏。王心斋自负女来，委诸门内而去。夏见惊问，始知其故，遂亦安之。女见虞至，急下拜，呼以父。虞固无子女，又见女依依怜人，颇以为欢。女纺绩缝纫，勤劳臻至。夏偶病剧，女昼夜给役。见夏不食亦不食；面上时有啼痕，向人曰：『母有万一，我誓不复生！』夏少瘳，始解颜为欢。夏闻流涕，曰：『我四十无子，但得生一女如纫针亦足矣。』夏从不育，逾年忽生一男，人以为行善之报。

居二年女益长。虞与王谋，不能坚守旧盟。王曰：『女在君家，婚姻惟君所命。』女十七，惠美无双。此言出，问名者趾错于门，夫妻为拣富室。黄某亦遣媒来。虞恶其为富不仁，力却之。为择于冯氏。冯，邑名士，子慧而能文。将告于王；王出负贩未归，遂径诺之。黄以不得于虞，亦托作贾，迹王所在，设馔相邀，更复助以资本，渐渍习洽。因自言其子慧以自媒。王感其情，又仰其富，遂与订盟。既归诣虞，则虞昨日已受冯氏婚书。闻王所言不悦，呼女出，告以情。女佛然曰：『债主，吾仇也！以我事仇，但有一死！』王无颜，托人告黄以冯氏之盟。黄怒曰：『女姓王，不姓虞。我约在先，彼约在后，何得背盟！』遂控于邑宰，宰意以先约判归黄。冯曰：『王某以女付虞，固言婚嫁不复预闻，且某有定婚书，彼不过杯酒之谈耳。』宰不能断，将惟女愿从之。黄又以金赂官，求其左袒，以此月余不决。

一日有孝廉北上，公车过东昌，使人问王心斋。适问于虞，虞转诘之，盖孝廉姓傅，即阿卯也。入闽籍，十八已乡荐矣。以前约未婚。其母嘱令便道访王，问女曾否另字也。虞大喜，邀傅至家，历述所遭，然婿远来数千里，患无凭据。傅启箧，出王当日允婚书。虞招王至，验之果真，乃共喜。是日当官覆审，傅投刺谒宰，其案始销。涓吉约期乃去。会试后，市币帛而还，居其旧第，行亲迎礼。

进士报已到闽，又报至东，傅又捷南宫。复入都观政而返。女不乐南渡，傅亦以庐墓在，遂独往扶父柩，载母俱归。又数年虞卒，子才七八岁，女抚之过于其弟。使读书，得入邑庠，家称素封，皆傅力也。

异史氏曰：神龙中亦有游侠耶？彰善瘅⑤恶，生死皆以雷霆，此『钱塘破阵舞』也。轰轰屡击，皆为一人，焉知纫针非龙女谪降者耶？

注释

①东昌：旧府名，在今山东省聊城县。

②簪缨之胄：官宦人家的子孙后代。簪缨，古代高级官员的冠饰。胄，后代。

③执鞭：执鞭之士。指操贱业。《论语·述而》：『子曰：富而可求，虽执鞭之士，吾亦为之。』

④箧：撬箱子。《庄子·箧》：『将为箧探囊发匮之盗而为守备，则必摄缄縢，固扃。』《经典释文》：『司马（彪）云：从旁开为，一云发也。』

⑤瘅：憎恨。

桓侯

荆州①彭好士，友家饮归。下马溲便，马龁草路旁。有细草一丛，蒙茸可爱，初放黄花，艳光夺目，马食已过半矣。彭拔其余茎，嗅之有异香，因纳诸怀。超乘复行，马骛驶②绝驰，颇觉快意，竟不计算归途，纵马所之。

忽见夕阳在山，始将旋辔。但望乱山丛沓，并不知其何所。一青衣人来，见马方喷嘶，代为捉

衔，曰：『天已近暮，吾家主人便请宿止。』彭问：『此属何地？』曰：『阆中也。』彭大骇，盖半日已千余里矣，因问：『主人为谁？』曰：『到彼自知。』又问：『何在？』曰：『咫尺耳。』遂代疾行，人马若飞。过一山头，见半山中屋宇重叠，杂以屏幔，遥睹衣冠一簇，若有所伺。彭至下马，相向拱敬。俄主人出，气象刚猛，巾服都异人世。拱手向客，曰：『今日客莫远于彭君。』因揖彭，请先行。彭谦谢，不肯遽先。主人捉臂行之。彭觉捉处如被械梏，痛欲折，不敢复争，遂行。下此者犹相推让，主人或推之，或挽之，客皆呻吟倾跌，似不能堪，一依主命而行。登堂则陈设炫丽，两客一筵。彭暗问接坐者：『主人何人？』答云：『此张桓侯也。』彭愕然，不敢复咳。合座寂然。酒既行，桓侯曰：『岁岁叨扰亲宾，聊设薄酌，尽此区区之意。值远客辱临，亦属幸遇。仆窃妄有干求，如少存爱恋，即亦不强。』彭起问：『何物？』曰：『尊乘已有仙骨，非尘世所能驱策。欲市马相易如何？』彭曰：『敬以奉献，不敢易也。』桓侯曰：『当报以良马，且将赐以万金。』彭离席伏谢。桓侯命人曳起之。俄倾酒馔纷纶，日落命烛。众起辞，彭亦告别。桓侯曰：『君远来焉归？』彭顾同席者曰：『已求此公作居停主人矣。』桓侯乃遍以巨觞酌客，谓彭曰：『所怀香草，鲜者可以成仙，枯者可以点金；草七茎，得金一万。』即命僮出方授彭，彭又拜谢。桓侯曰：『明日造市，请于马群中任意择其良者，不必与之论价，吾自给之。』又告众曰：『远客归家，可少助以资斧。』众唯唯。觞尽，谢别而出。

途中始诘姓字，同座者为刘子。同行二三里，越岭即睹村舍。众客陪彭并至刘所，始述其异。先是，村中岁岁赛社于桓侯之庙，斩牲[3]优戏以为成规，刘其首善者也。三日前赛社方毕。是午，各家皆有一人邀请过山。问之，言殊恍惚，但敦促甚急，过山见亭舍，相共骇疑。将至门，使者始实告之；众亦不敢却退。使者曰：『姑集此，邀一远客行至矣。』盖即彭也。众述之惊怪。其中被把握者，皆患臂痛；解衣烛之，肤肉青黑。彭自视亦然。众散，刘即袱被供寝。既明，村中争延客；又伴彭入市相马。十余日相数十匹，苦无佳者；彭亦拚苟就之。又入市见一马骨相似佳；骑试之，神骏无比。径骑入村，以待鬻者；再往寻之，其人已去。遂别村人欲归。村人各馈金资，遂归。马一日行五百里。抵家，述所自来，人不之信，囊中出蜀物，始共怪之。香草久枯，恰得七茎，遵方点化，家以暴富。遂敬诣故处，独祀桓侯之祠，优戏三日而返。

异史氏曰：观桓侯燕宾，而后信武夷幔亭非诞也。然主人肃客，遂使蒙爱者几欲折肱，则当年之勇力可想。

吴木欣言：『有李生者，唇不掩其门齿，露于外盈指。一日于某所宴集，二客逊[4]上下，其争甚苦。一力挽使前，一力却向后。力猛肘脱，李适立其后，肘过触喙，双齿并堕，血下如涌。众愕然，其争乃息。』此与桓侯之握臂折肱，同一笑也。

注释

①荆州：旧府名，在今湖北省江陵县。

②骛驶：疾驰。

③斩牲：宰杀牲畜作为祭品。

④逊：逊让。

粉蝶

阳曰旦，琼州[①]士人也。偶自他郡归，泛舟于海，遭飓风，舟将覆；忽飘一虚舟来，急跃登之。回视则同舟尽没。风愈狂，暝然任其所吹。亡何风定，开眸忽见岛屿，舍宇连亘。把棹近岸，直抵村门。村中寂然，行坐良久，鸡犬无声。见一门北向，松竹掩蔼。时已初冬，墙内不知何花，蓓蕾满树。心爱悦之，逡巡遂入。遥闻琴声，步少停。有婢自内出，年约十四五，飘洒艳丽。睹阳，返身遽入。俄闻琴声歇，一少年出，讶问客所自来，阳具告之。转诘邦族，阳又告之。少年喜曰：『我姻亲也。』遂揖请入院。

院中精舍[②]华好，又闻琴声。既入舍，则一少妇危坐[③]，朱弦方调，年可十八九，风采焕映。见客入，推琴欲逝，少年止之曰：『勿遁，此正卿家瓜葛。』因代溯[④]所由。少妇曰：『是吾侄也。』因问其『祖母尚健否？父母年几何矣？』阳曰：『父母四十余，都各无恙；惟祖母六旬，得疾沉痼，一步履须人耳。侄实不省姑系何房，望祈明告，以便归述。』少妇曰：『道途辽阔，音问梗塞久矣。归时但告而父，「十姑问讯矣」，渠自知之。』阳问：『姑丈何族？』少年曰：『海屿姓晏。此名神仙岛，离琼三千里，仆流寓亦不久也。』十娘趋入，使婢以酒食饷客，鲜蔬香美，亦不知其何名。饭已，引与瞻眺，见园中桃杏含苞，颇以为怪。晏曰：『此处夏无大暑，冬无大寒，花无断时。』阳喜曰：『此乃仙乡。归告父母，可以移家作邻。』晏但微笑。

还斋炳烛，见琴横案上，请一聆其雅操。晏乃抚弦捻柱。十娘自内出，晏曰：『来，来！卿为若侄鼓之。』十娘即坐，问侄：『愿何闻？』阳曰：『侄素不读「琴操」，实无所愿。』十娘曰：『但

随意命题，皆可成调。』阳笑曰：『海风引舟，亦可作一调否？』十娘曰：『可。』即按弦挑动，若有旧谱，意调崩腾；静会之，如身仍在舟中，为飓风之所摆簸。阳惊叹欲绝，问：『可学否？』十娘授琴，试使勾拨，曰：『可教也。欲何学？』曰：『适所奏「飓风操」，不知可得几日学？请先录其曲，吟诵之。』十娘曰：『此无文字，我以意谱之耳。』乃别取一琴，作勾剔之势，使阳效之。阳习至更余，音节粗合，夫妻始别去。阳目注心凝，对烛自鼓；久之顿得妙悟，不觉起舞。举首忽见婢立灯下，惊曰：『卿固犹未去耶？』婢笑曰：『十姑命待安寝，掩户移檠⑤耳。』审顾之，秋水澄澄，意态媚绝。阳心动，微挑之；婢俯首含笑。阳益惑之，遽起挽颈。婢曰：『勿尔！夜已四漏，主人将起，彼此有心，来宵未晚。』方狎抱间，闻晏唤『粉蝶』。婢作色曰：『殆矣！』急奔而去。阳潜往听之，但闻晏曰：『我固谓婢子尘缘未灭，汝必欲收录之。今如何矣？宜鞭三百！』十娘曰：『此心一萌，不可给使，不如为吾侄遣之。』阳甚惭惧，返斋灭烛自寝。天明，有童子来侍盥沐，不复见粉蝶矣。心惴惴恐见谴逐。俄晏与十姑并出，似无所介于怀，便考所业。阳为一鼓。十娘曰：『虽未入神，已得什九，肄熟可以臻妙。』阳复求别传。晏教以『天女谪降』之曲，指法拗折，习之三日，始能成曲。晏曰：『梗概已尽，此后但须熟耳。娴此两曲，琴中无梗调矣。』

阳颇忆家，告十娘曰：『吾居此，蒙姑抚养甚乐；顾家中悬念。离家三千里，何日可能还也！』十娘曰：『此即不难。故舟尚在，当助一帆风，子无家室，我已遣粉蝶矣。』乃赠以琴，又授以药曰：『归医祖母，不惟却病，亦可延年。』遂送至海岸，俾登舟。阳觅楫，十娘曰：『无须此物。』因解裙作帆，为之萦系。阳虑迷途，十娘曰：『勿忧，但听帆漾耳。』系已下舟。阳凄然，方欲拜谢别，而南风竞起，离岸已远矣。视舟中糗粮⑥已具，然止足供一日之餐，心怨其吝。腹馁不敢多食，惟恐遽尽，但啖胡饼一枚，觉表里甘芳。余六七枚，珍而存之，即亦不复饥矣。俄见夕阳欲下，方悔来时未索膏烛。瞬息遥见人烟，细审则琼州也。喜极。旋已近岸，解裙裹饼而归。

入门，举家惊喜，盖离家已十六年矣，始知其遇仙。视祖母老病益惫，出药投之，沉疴立除。共怪问之，因述所见。祖母泫然曰：『是汝姑也。』初，老夫人有少女名十娘，生有仙姿，许字晏氏。婿十六岁入山不返，十娘待至二十余，忽无疾自殂，葬已三十余年。闻旦言，共疑其未死。出其裙，则犹在家所素着也。饼分啖之，一枚终日不饥，而精神倍生。老夫人命发冢验视，则空棺存焉。

旦初聘吴氏女未娶，旦数年不还，遂他适。共信十娘言，以俟粉蝶之至；既而年余无音，始议他图。临邑钱秀才，有女名荷生，艳名远播。年十六，未嫁而三丧其婿。遂媒定之，涓吉成礼。既入门，光艳绝代，旦视之则粉蝶也。惊问曩事，女茫乎不知。盖被逐时，即降生之辰也。每为之鼓『天女谪降』之操，辄支颐凝想，若有所会。

注释

①琼州：旧府名，在今广东省海南岛琼山县南。

②精舍：指书斋。

③危坐：正坐，端坐。

④溯：从头陈述。

⑤移檠：端灯。檠，灯架。

⑥糗粮：干粮。

锦瑟

沂人王生，少孤，自为族。家清贫；然风标修洁，洒然裙屐少年[1]也。富翁兰氏，见而悦之，妻以女，许为起屋治产。娶未几而翁死。妻兄弟鄙不齿数，妇尤骄倨，常佣奴其夫；自享馐馔[2]，生至则脱粟瓢饮，折为匕，置其前。王悉隐忍之。年十九往应童试被黜。自郡中归，妇适不在室，釜中烹羊[3]熟，就啖之。妇入不语，移釜去。生大惭，抵箸地上，曰：『所遭如此，不如死！』妇恚，问死期，即授索为自经之具。生忿投羹碗败妇颡。

生含愤出，自念良不如死，遂怀带入深壑。至丛树下，方择枝系带，忽见土崖间微露裙幅，瞬息一婢出，睹生急返，如影就灭，土壁亦无绽痕。固知妖异，然欲觅死，故无畏怖，释带坐觇之。少间复露半面，一窥即缩去。念此鬼物，从之必有死乐，因抓石叩壁曰：『地如可入，幸示一途！我非求欢，乃求死者。』久之无声。王又言之，内云：『求死请姑退，可以夜来。』音声清锐，细如游蜂。生曰：『诺。』遂退以待夕。未几星宿已繁，崖间忽成高第，静敞双扉。生拾级而入。才数武，有横流涌注，气类温泉。以手探之，热如沸汤，不知其深几许。疑即鬼神示以死所，遂踊身入。热透重衣，肤痛欲糜，幸浮不沉。泅没良久，热渐可忍，极力爬抓，始登南岸，一身幸不泡伤。行次，遥见厦屋中有灯火，趋之。有猛犬暴出，橦衣败袜。摸石以投，犬稍却。又有群犬要吠，皆大如犊。

危急间婢出叱退，曰：『求死郎来耶？吾家娘子悯君厄穷，使妾送君入安乐窝，从此无灾矣。』挑灯导之。启后门，黯然行去。

入一家，明烛射窗，曰：『君自入，妾去矣。』生入室四瞻，盖已入己家矣。反奔而出，遇妇所役老媪曰：『终日相觅，又焉往！』反曳入。妇帕裹伤处，下床笑逆，曰：『夫妻年余，狎谑顾不识耶？我知罪矣。君受虚诮，我被实伤，怒亦可以少解。』乃于床头取巨金二铤置生怀，曰：『以后衣食，一惟君命可乎？』生不语，抛金夺门而奔，仍将入壑，以叩高第之门。

既至野，则婢行缓弱，挑灯尤遥望之。生急奔且呼，灯乃止。既至，婢曰：『君又来，负娘子苦心矣。』王曰：『我求死，不谋与卿复求活。娘子巨家，地下亦应需人。我愿服役，实不以有生为乐。』婢曰：『乐死不如苦生，君设想何左也！吾家无他务。惟淘河、粪除、饲犬、负尸；作不如程，则劓鼻④、敲肘到趾。君能之乎？』答曰：『能之。』又入后门，生问：『诸役何也？适言负尸，何处得如许死人？』婢曰：『娘子慈悲，设「给孤园⑤」，收养九幽横死无归之鬼。鬼以千计，日有死亡，须负瘗之耳。请一过观之。』移时入一门，署『给孤园』。入，见屋宇错杂，秽臭熏人。园中鬼见烛群集，皆断头缺足，不堪入目。回首欲行，见尸横墙下；近视之，血肉狼藉。曰：『半日未负，已被狗咋⑥。』即使生移去之。生有难色，婢曰：『君如不能，请仍归享安乐。』生不得已，负置秘处。乃求婢缓颊，幸免尸污。婢诺。

行近一舍，曰：『姑坐此，妾入言之。饲狗之役较轻，当代图之，庶几得当以报。』去少顷，奔出，曰：『来，来！娘子出矣。』生从入。见堂上笼烛四悬，有女郎近户坐，乃二十许天人也。生伏阶下，女郎

命曳起之，曰：『此一儒生乌能饲犬？可使居西堂主薄。』生喜伏谢，女曰：『汝以朴诚，可敬乃事。如有舛错[⑦]，罪责不轻也！』生唯唯。婢导至西堂，见栋壁清洁，喜甚，谢婢。始问娘子官阀，婢曰：『小字锦瑟，东海薛侯女也。妾名春燕。旦夕所需，幸相闻。』婢去，旋以衣履衾褥来，置床上。生喜得所。

黎明早起视事，录鬼籍。一门仆役尽来参谒，馈酒送脯甚多。生引嫌，悉却之。日两餐皆自内出。娘子察其廉谨，特赐儒巾鲜衣。凡有赍赉，皆遣春燕。婢颇风格，既熟，颇以眉目送情。生斤斤自守，不敢少致差跌，但伪作钝。积二年余赏给倍于常廪，而生谨抑[⑧]如故。

一夜方寝，闻内第喊噪。急起捉刀出，见炬火光天。入窥之，则群盗充庭，厮仆骇窜。一仆促与偕遁，生不肯，涂面束腰杂盗中呼曰：『勿惊薛娘子！但当分括财物，勿使遗漏。』时诸舍群贼方搜锦瑟不得，生知未为所获，潜入第后独觅之。遇一伏妪，始知女与春燕皆越墙矣。生亦过墙，见主婢伏于暗陬[⑨]，生曰：『此处乌可自匿？』女曰：『吾不能复行矣！』生弃刀负之。奔二三里许，汗流竟体，始入深谷，释肩令坐。一虎来，生大骇，欲迎当之，虎已衔女。生急捉虎耳，极力伸臂入虎口，以代锦瑟。虎怒释女，嚼生臂，脆然有声。臂断落地，虎亦返去。女泣曰：『苦汝矣！苦汝矣！』生忙遽未知痛楚，但觉血溢如水，使婢裂衿裹断处。女止之，俯觅断臂，自为续之；乃裹之。东方渐白，始缓步归，登堂如墟。天既明，仆媪始渐集。女亲诣西堂，问生所苦。解裹，则臂骨已续；又出药糁其创，始去。由此益重生，使一切享用悉与己等。

臂愈，女置酒内室以劳之。赐之坐，三让而后隅坐。女举爵如让宾客。久之，曰：『妾身已附君体，

意欲效楚王女之于臣建。但无媒，羞自荐耳。』生惶恐曰：『某受恩重，杀身不足酬。所为非分，惧遭雷殛，不敢从命。苟怜无室，赐婢已过。』一日女长姊瑶台至，四十许佳人也。至夕招生入，瑶台命坐，曰：『我千里来为妹主婚，今夕可配君子。』生又起辞。瑶台遽命酒，使两人易盏。生固辞，瑶台夺易之。生乃伏地谢罪，受饮之。瑶台出，女曰：『实告君：妾乃仙姬，以罪被谪。自愿居地下收养冤魂，以赎帝谴。适遭天魔之劫，遂与君有附体之缘。远邀大姊来，固主婚嫁，亦使代摄家政，以便从君归耳。』生起敬曰：『地下最乐！某家有悍妇；且屋宇隘陋，势不能容委曲以共其生。』女笑曰：『不妨。』既醉，归寝，欢恋臻至。

过数日，谓生曰：『冥会不可长，请郎归。君干理家事毕，妾当自至。』以马授生，启扉自出，壁复合矣。生骑马入村，村人尽骇。至家门则高庐焕映矣。先是，生去，妻召两兄至，将棰楚报之；至暮不归，始去。或于沟中得生履，疑其已死。既而年余无耗。有陕中贾某，媒通兰氏，遂就生第与妇合。半年中，修建连亘。贾出经商，又买妾归，自此不安其室。贾亦恒数月不归。生讯得其故，怒系马而入。见旧媪，媪惊伏地。生叱骂久，使导诣妇所，寻之已遁，既于舍后得之，已自经死。遂使人舁归兰氏。呼妾出，年十八九，风致亦佳，遂与寝处。贾托村人，求反其妾，妾哀号不肯去。生乃具状，将讼其霸产占妻之罪，贾不敢复言，收肆西去。

方疑锦瑟负约；一夕正与妾饮，则车马扣门而女至矣。女但留春燕，余即遣归。入室，妾朝拜之，女曰：『此有宜男相，可以代妾苦矣。』即赐以锦裳珠饰。妾拜受，立侍之；女挽坐，言笑甚欢。久之，曰：『我醉欲眠。』生亦解履登床，妾始出；入房则生卧榻上；异而反窥之，烛已灭矣。生无夜不宿妾室。一夜妾起，潜窥女所，则生及女方共笑语。大怪之。急反告生，则床上无人矣。天明阴告生；生亦不自知，但觉时留女所、时寄妾宿耳。生嘱隐其异。久之，婢亦私生，女若不知之。婢忽临蓐难产，但呼『娘子』。女入，胎即下；举之，男也。为断脐置婢怀，笑曰：『婢子勿复尔！业多，则割爱难矣。』自此，婢不复产。妾出五男二女。居三十年，女时返其家，往来皆以夜。一日携婢去，不复来。生年八十，忽携老仆夜出，亦不返。

注释

①裙屐少年：指外表华美而无真才实学的少年。《魏书·邢峦传》：『萧渊藻是裙屐少年，未洽治务。』

②馐馔：精美食物。

③羊臛：羊肉汤。臛，肉羹。

④劓鼻：割耳割鼻。劓，为古代割去耳、鼻的刑罚。

⑤给孤园：佛家用语，『给孤独园』之省称。此处指为收养孤魂野鬼购买处所。

⑥咋：咬，啃。

⑦舛错：差错，错误。

⑧谨抑：持身谨慎。

⑨暗陬：昏暗的角落。陬，角落。

房文淑

开封邓成德，游学至兖，寓败寺中，佣为造齿籍者①缮写。岁暮，僚役各归家，邓独炊庙中。黎明，有少妇叩门而入，艳绝，至佛前焚香叩拜而去。次日又如之。至夜邓起挑灯，适有所作，女至益早。邓曰：『来何早也？』女曰：『明则人杂，故不如夜。太早，又恐扰君清睡。适望见灯光，知君已起，故至耳。』生戏曰：『寺中无人，寄宿可免奔波。』女哂曰：『寺中无人，君是鬼耶？』邓见其可狎，俟拜毕，曳坐求欢。女曰：『佛前岂可作此。身无片椽②，尚作妄想！』邓固求不已。女曰：『去此三十里某村，有六七童子延师未就。君往访李前川，可以得之。托言携有家室，令别给一舍，妾便为君执炊，此长策也。』邓虑事发获罪，女曰：『无妨。妾房氏，小名文淑，并无亲属，恒终岁寄居舅家，有谁知？』邓喜。既别女，即至某村，谒见李前川，谋果遂。约岁前即携家至。既反，告女。女约候于途中。邓告别同党，借骑而去。女果待于半途，乃下骑以辔授女，御之而行。至斋，相得甚欢。

积六七年，居然琴瑟，并无追捕逃者。女忽生一子。邓以妻不育，得之甚喜，名曰『兖生。』女曰：『伪配终难作真。妾将辞君而去，又生此累人物何为！』邓曰：『命好，倘得余钱，拟与卿遁归乡里，何出此言？』女曰：『多谢，多谢！我不能胁肩谄笑，仰大妇眉睫，为人作乳媪，呱呱者难堪也！』邓代妻明不妒，女亦不言。月余邓解馆，谋与前川子同出经商，告女曰：『我思先生设帐，必无富有之期。今学负贩，庶有归时。』女亦不答。至夜，女忽抱子起。邓问：『何作？』女曰：『妾欲去。』邓急起追问之，门未启，而女已杳。骇极，始悟其非人也。邓以形迹可疑，故亦不敢告人，托之归宁而已。初，邓离家与妻娄约，年终必返；既而数年无音，传其已死。兄以其无子，欲改醮之。娄更以三年为期，日惟以纺绩自给。一日既暮，往扃外户，一女子掩入，怀中绷儿，曰：『自母家归，适晚。知姊独居，故求寄宿。』娄内之。至房中，视之，二十余丽者也。喜与共榻，同弄其儿，儿白如瓠。叹曰：『未亡人遂无此物！』女曰：『我正嫌其累人，即嗣为姊后，何如？』娄曰：『无论娘子不忍割爱；即忍之，妾亦无乳能活之也。』女曰：『不难。当儿生时，患无乳，服药半剂而效。今余药尚存，即以奉赠。』遂出一裹，置窗间。娄漫应之，未遽怪也。既寝，及醒呼之，则儿在而女已启门去矣。骇极。日向辰，儿啼饥，娄不得已，饲其药，移时③流，遂哺儿。积年余，儿益丰肥，渐学语言，爱之不啻己出，由是再醮之心遂绝。但早起抱儿，不能操作谋衣食，益窘。

一日女忽至。娄恐其索儿，先问其不谋而去之罪，后叙其鞠养之苦。女笑曰：『姊告诉艰难，我遂置儿不索耶？』遂招儿。儿啼入娄怀，女曰：『犊子不认其母矣！此百金不能易，可将金来，署立券保④。』娄以为真，颜作赪，女笑曰：『姊勿惧，妾来正为儿也。别后虑姊无豢养之资，因多方措十余金来。』乃出金授娄。娄恐受其金，索儿有词，坚却之。女置床上，出门径去。抱子追之，其去已远，呼亦不顾。疑其意恶。然得金，少权子母，家以饶足。

又三年邓贾有赢余，治装归。方共慰藉，睹儿问谁氏子。妻告以故，问：『何名？』曰：『渠母呼之亢生。』邓惊曰：『此真吾子也！』问其时日，即夜别之日。邓乃历叙与房文淑离合之情，益共欣慰。犹望女至。而终渺矣。

注释

①造齿籍者：编制户口名册的人。

②身无片椽：指没有房子。椽，梁上的木条。

③锺：乳汁。

④券保：字据。

丐仙

高玉成，故家子，居金城之广里。善针灸，不择贫富辄医之。里中来一丐者，胫有废疮，卧于道。脓血狼籍，臭不可近。居人恐其死，日一饴[1]之。高见而怜焉，遣人扶归，置于耳舍。家人恶其臭，掩鼻遥立。高出艾亲为之灸，日饷以蔬食。数日，丐者索汤饼，仆怒诃之。高闻，即命仆赐以汤饼。未几，又乞酒肉，仆走告曰：『乞人可笑之甚！方其卧于道也，日求一餐不可得，今三饭犹嫌粗粝，既与汤饼，又乞酒肉。此等贪饕[2]，只宜仍弃之道上耳。』高问其疮，曰：『痂渐脱落，似能步履，故假咿嘎作呻楚状。』高曰：『所费几何，即以酒肉馈之，待其健，或不吾仇也。』仆伪诺之而竟不与。且与诸曹偶语，共笑主人痴。次日，高亲诣视丐，丐跛而起，谢曰：『蒙君高义，生死人而肉白骨，惠深覆载。但新瘥未健，妄思馋嚼耳。』高知前命不行，呼仆痛笞之，立命持酒炙饵丐者。仆衔[3]之，夜分纵火焚耳舍，乃故呼号。高起视，舍已烬。叹曰：『丐者休矣！』督众救灭。见丐者酣卧火中，齁声雷动。唤之起，故惊曰：『屋何往？』群始惊其异。高弥重之，

卧以客舍，衣以新衣，日与同坐处。问其姓名，自言：『陈九。』居数日，容益光泽。言论多风格，又善手谈[4]。高与对局辄败。乃日从之学，颇得其奥秘。如此半年，丐者不言去，高亦一时少之不乐也。即有贵客来，亦必偕之同饮。或掷骰为令，陈每代高呼采，雉卢无不如意。高大奇之。每求作剧，辄辞不知。

一日，语高曰：『我欲告别，向受君惠且深，今薄设相邀，勿以人从也。』高曰：『相得甚欢，何遽决绝？且君杖头空虚，亦不敢烦作东道主。』陈固邀之曰：『杯酒耳，亦无所费。』高曰：『何处？』答云：『园中。』时方严冬，高虑园亭苦寒，陈固言：『不妨。』乃从至园中，觉气候顿暖似三月初旬。又至亭中，见异鸟成群，乱弄清咮，仿佛暮春景象。亭中几案皆镶以瑙玉。有一水晶屏莹澈可鉴，中有花树摇曳开落不一，又有白禽似雪，往来勾辀于其上，以手抚之，殊无一物。高愕然良久。坐，见鸜鹆[5]栖架上，呼曰：『茶来！』俄见朝阳丹凤衔一赤玉盘，上有玻璃盏二盛香茗，伸颈屹立。饮已，置盏其中，凤衔之振翼而去。鸜鹆又呼曰：『酒来！』即有青鸾黄鹤翩翩自日中来，衔壶衔杯，纷置案上。顷之，则诸鸟进馔，往来无停翅，珍错杂陈，瞬息满案，肴香酒冽，都非常品。陈见高饮甚豪，乃曰：『君宏量，是得大爵。』鸜鹆又呼曰：『取大爵来！』忽见日边闪闪，有巨蝶攫鹦鹉杯，受斗许，翔集案间。高视蝶大于雁，两翼绰约，文采灿丽，亟加赞叹。陈唤曰：『蝶子劝酒！』蝶展然一飞化为丽人，绣衣蹁跹，前席进酒。陈曰：『不可无以佐觞。』女乃仙仙而舞，舞到酣际[6]，足离于地者尺余，辄仰折其首，直与足齐，倒翻身而起立，身未尝着于尘埃。且歌曰：『连翩笑语踏芳丛，低亚花枝拂面红。曲折不知金钿落，更随蝴蝶过篱东。』余音袅袅，不

奋绕梁。高大喜，拉与同饮。陈命之坐，亦饮之酒。高酒后心摇意动，遽起狎抱，视之则变为夜叉：睛突于眦，牙出于喙，黑肉凹凸，怪恶不可言状。高惊释手，伏几战栗。陈以箸击其喙，诃曰：『速去！』随击而化叉为蝴蝶，飘然飏去。高惊定，辞出。见月色如洗，漫语陈曰：『君旨酒佳肴来自空中，君家当在天上，盍携故人一游？』陈曰：『可。』即与携手跃起，遂觉身在空冥。渐与天近，见有高门口圆如井，入，则光明似昼，阶路皆苍石砌成，滑洁无纤翳。有大树一株高数丈，上开赤花大如莲，纷纭满树。下一女子，捣绛红之衣于砧上，艳丽无双。高木立睛停，竟忘行步。女子见之，怒曰：『何处狂郎妄来此处！』辄以杵投之，中其背。陈急曳于虚所，切责之。高被杵，酒亦顿醒，殊觉汗愧，乃从陈出，有白云接于足下。陈曰：『从此别矣，有所嘱，慎志勿忘：君寿不永，明日速避西山中，当可免。』高欲挽之，返身竟去。高觉云渐低，身落园中，则景物大非。

归与妻子言，共相骇异。视衣上着杵处，异红如锦，有奇香。早起，从陈言，裹粮入山。大雾障天，茫茫然不辨径路。蹑荒急奔，忽失足堕云窟中，觉深不可测，而身幸不损。定醒良久，仰见云气如笼。乃自叹曰：『仙人令我逃避大数，终不能免。何时出此窟耶？』又坐移时，见深处隐隐有光，遂起而渐入，则别有天地。有三老方对奕，见高至，亦不顾问，奕不辍。高蹲而观焉。局终，敛子入盒。方问：『客何得至此？』高言：『迷堕失路。』老者曰：『此非人间，不宜久淹，我送君归。』乃导至窟下。觉云气拥之以升，遂履平地，见山中树色深黄，萧萧木落，似是秋杪⑦。大惊曰：『我以冬来，何变暮秋？』奔赴家中，妻、子尽惊，相聚而泣。高讶问之，妻曰：『君去三年不返，皆以为异物矣。』高曰：『异哉，才顷刻耳。』于腰中出其糗粮，已若灰烬，相与诧异。妻曰：『君行后，我梦二人，皂衣闪带，似谇赋者，汹汹然入室张顾曰：「彼何往？」我诃之曰：「彼已外出。尔即官差，何得入人闺闼？」二人乃出。且行且语曰『怪事怪事』而去。』高乃悟已所遇者仙也，妻所遇者鬼也。高每对客，束杵衣于内，满座皆香，非麝非兰，著汗弥盛云。

注释

①饴：通『饲』，施饭，喂食。

②贪饕：极端贪吃。

③衔：憎恨。

④手谈：即下围棋。

⑤鸜鹆：八哥。

⑥酣际：指酒兴最浓的时候。

⑦秋杪：暮秋，秋末。

图书在版编目(CIP)数据

聊斋志异/（清）蒲松龄著.—沈阳：万卷出版公司，2009.8（2011.4重印）
（国学丛书集成）
ISBN 978-7-5470-0086-1

Ⅰ.聊… Ⅱ.蒲… Ⅲ.笔记小说-中国-清代 Ⅳ.I242.1

中国版本图书馆CIP数据核字（2009）第127162号

聊斋志异

责任编辑/丁建新
出版发行/北方联合出版传媒（集团）股份有限公司
万卷出版公司
项目策划/智品书业
经销/各地新华书店发行
网址/www.zhipinbook.com
印刷/三河市宏达印刷有限公司
开本/二一〇×二八五毫米 十六开
印张/四十二 印数/五〇〇〇
字数/二百五十千字
印次/二〇一一年四月第一版第四次印刷
书号/ISBN 978-7-5470-0086-1
定价/二百一十八元（全四册）